血の九月

Bloody September

紙礫

18

目　次

斬ノ五

謀殺大尉

甘粕正彦

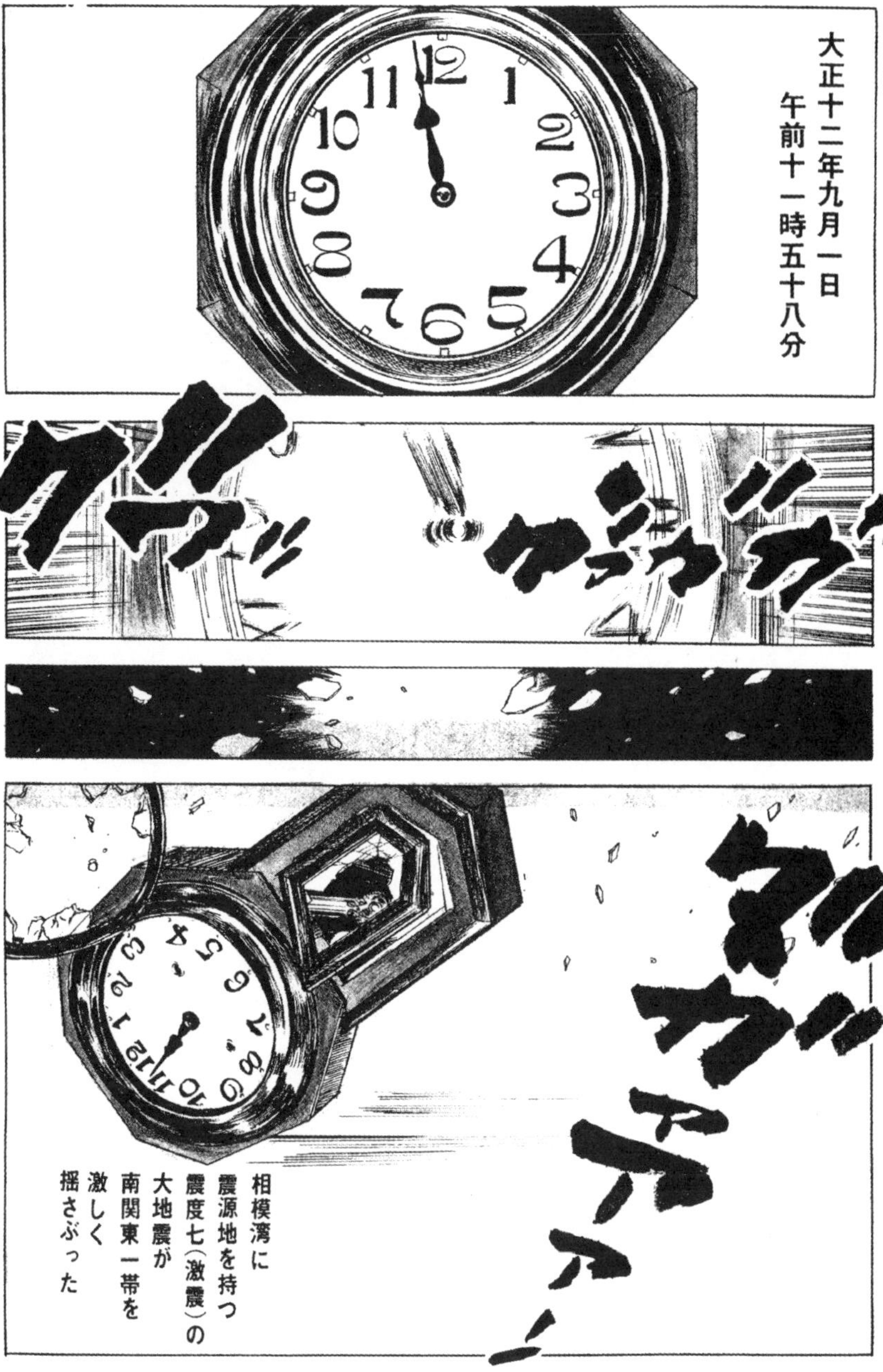
大正十二年九月一日
午前十一時五十八分
相模湾に
震源地を持つ
震度七（激震）の
大地震が
南関東一帯を
激しく
揺さぶった

焦土と化した帝都

死屍累々の
廃墟の上を
テロルの意志が
蠢動した!!

!!
お言葉ですが国家の安寧《あんねい》維持の為なら何故正々堂々と検挙に踏みきらないのです
無政府主義は族長統治の長の一致せる我が国体に唾したも同然のいわば敵ではありませんか
ウム それはそうだが
どさくさに乗じてことを隠蔽するなどと卑劣な手段を講ずることは自分としては出来かねますが…
言葉を慎め大尉
ハ!!

知っての通り
シベリア出兵失敗から
このかた陸軍に対する
風当りは強い
先日亀戸で騎兵第十三連隊の
馬鹿兵がやりおった
主義者斬殺の件でも新聞に
えらい叩かれてな………
今度はそういう不手際は
許されんのだ…
軍人である以上
戦線利あらずとみれば
奇襲隠密作戦を
とることもやむを
得まい
……
……
判りました
万が一の場合
絶対にことの漏洩《ろうえい》を
防ぐよう
お願いします
判っておる!!
心配するな
ガチャリ!!

カッ
コーン
カッ
コロン
カッ
コーン
カッ
コーン
へへ…見ろよ
あれで隊長が勤まるんだから大したこたァないな 憲兵隊も
軍隊じゃねえのよ
憲兵隊は はき溜め漁りの犬さ フフ
憲兵ですか!!

関節炎のその足で
歩兵は無理だ
部隊の足手まとい
になる
東條班長殿
憲兵も軍人で
ありますか
職種が異なるだけで
陛下の陸軍で
あることに
違いはない
憲兵とて立派な
皇国の軍人だ…
ムヤ!!

戒厳司令部
ああ隊長
あっちこっちの
家や門や塀に
AだとかMだとか符号が
描かれてあったでしょう
これは不逞朝鮮人が
災害に乗じて蜂起する
際の暗号だとかいって
各町の自警団が
朝鮮人狩りを
やったそうですが

ザッ
ザッ
ザッ
なんのことはない
あれは新聞配達とか
糞尿処理業者が得意先の
各家々を分別する為に
描いとったもの
だそうです　フフ
大山鳴動して
ねずみ一匹って
ところですな
ハッハハッハ
君は
よく笑うな
……
ア
……

自警団はこの頃越権行為を働くというではないか そういった民間人はどんどん取り締らねばならん
女を何人もたぶらかし生ませたる子供に魔子だとかネストルだとかロケスの名前をつけてちゃかしておる悪霊の首も討たねばならん!!

それと……

!!

とうとう大杉をやりますか……命令が下ったのですね!!

……

森曹長 鴨志田上等兵と淀橋警察署へ行って 大杉を洗ってくれ いいか絶対勘づかれてはならぬぞ
軍の機密だ!!

ハッ!!

女房と子供はどうします
女房の伊藤野枝も主義者ということだ……子供とて後々どうなるか判ったものではないだろう
へいおまちどう坊ちゃん
ワァイ
家に帰ってから食べましょうね宗一君
!!ん
ハハハいい子だ

大杉さんですね
そうだが君等は!!
憲兵隊の者です ちょっと隊まで同行願いますが
奥さんと子供さんも一緒です

憲兵隊司令部
軍隊は懐しいなァ
僕も昔
陸軍幼年学校
にいたことが
ありますよ

もっとも乱暴を働いて中途で放校になったけれどあのまま卒業していたら今頃は少佐ぐらいにはなっていたろうな
確か貴方は七つ上の先輩でしたね
先輩!? というとあんたは…
自分は明治三十八年に名古屋幼年学校に入学いたしましただからあなたの噂は聞いております
開校以来の悪童ということでした
へえ… こりゃ奇遇だな しかし君その先輩というのはよしてくれよ 気色悪くていかん
………
何故乱暴を働いたのです

軍隊がいやだったからだよ
陛下の陸軍がですか!?
何の軍隊でも階級などに縛られるのは真ッ平だからね
縛られて喜んでいるのは怯懦な輩さ己れを捨て去った腑抜けだ
腑抜け!?軍人が腑抜けか
そうさ……しかし今の世の中軍人でなければ人にあらず………まったく愚劣だよ君
我々憲兵なんか兵隊でおまけに警察官ときているからあんた達からみれば
兵隊も憲兵も虎の威を借りて民間人を威して喜ぶなんざ人間じゃないね

あなた方売文の徒は今日のような災害に乗じて社会不安を煽りたて世間の人々が困っているのをいいことに飯の種にしている……
ガタ
それが人間のやることか!?
その方が世の中の為になると思っているからやっておるのさ
もう三つばかり注文が来ておるハハハ
君達だって俺達のような者をこんな所に連れて来ていじめては飯の種にしておるではないか
飯の種ではない陛下の御為だ!!
聞いたふうなことをぬかすな何故自分の為とはいわん!!
俺達が憎いと!!

命令しているのは国家権力　君側の奸であることも知らないでそんな奴等の命令を聞いていると今に必要なくなれば捨てられるのが落ちさ
なに〜〜〜〜
お願いです!!子供だけは助けてください!!
!!
あんたも実はこの大震災を願っていたのではないかね
!?何

あんたは足が
不自由のようだが
この災害で皆が
負傷してくれればと
願ったのでは
ないのか
じ
自分は
そんな卑怯未練な
男ではない!!
どうかな
それなら一対一で
俺と勝負出来る
かね
!!

ダッ

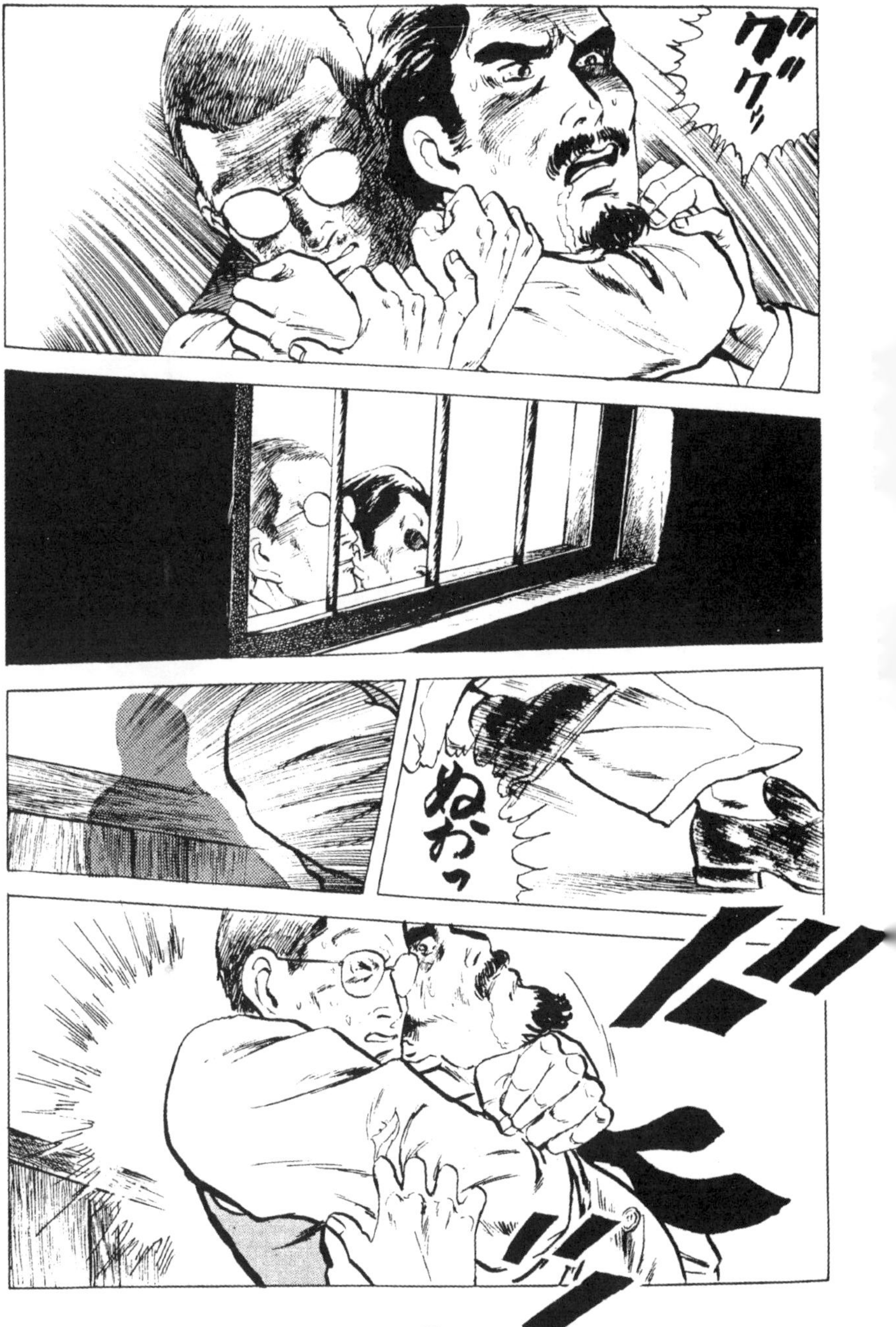
グググッ
ぬわっ
ドドッ

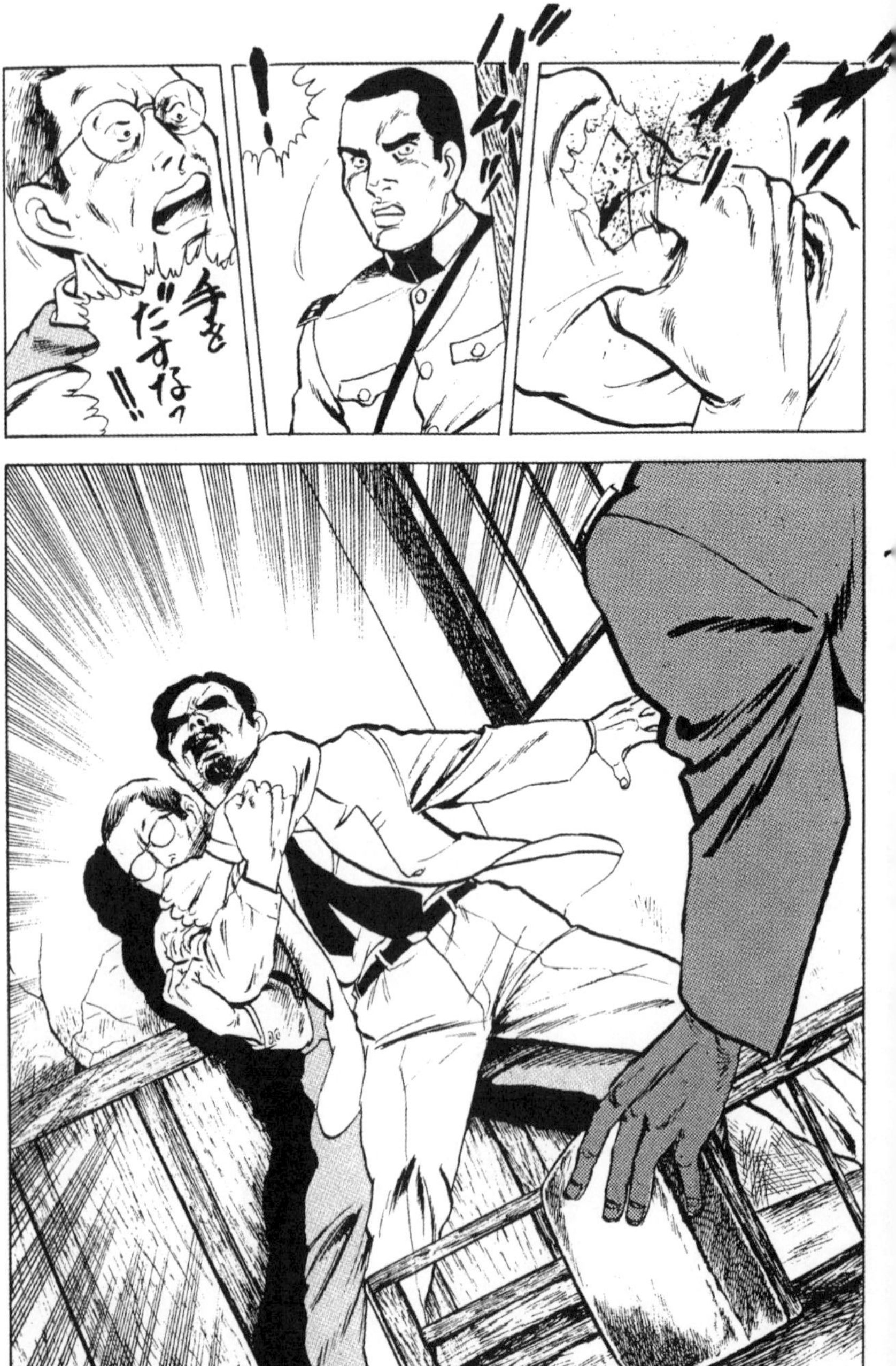
手をだすなっ!!
!
ゴッ
ガッ

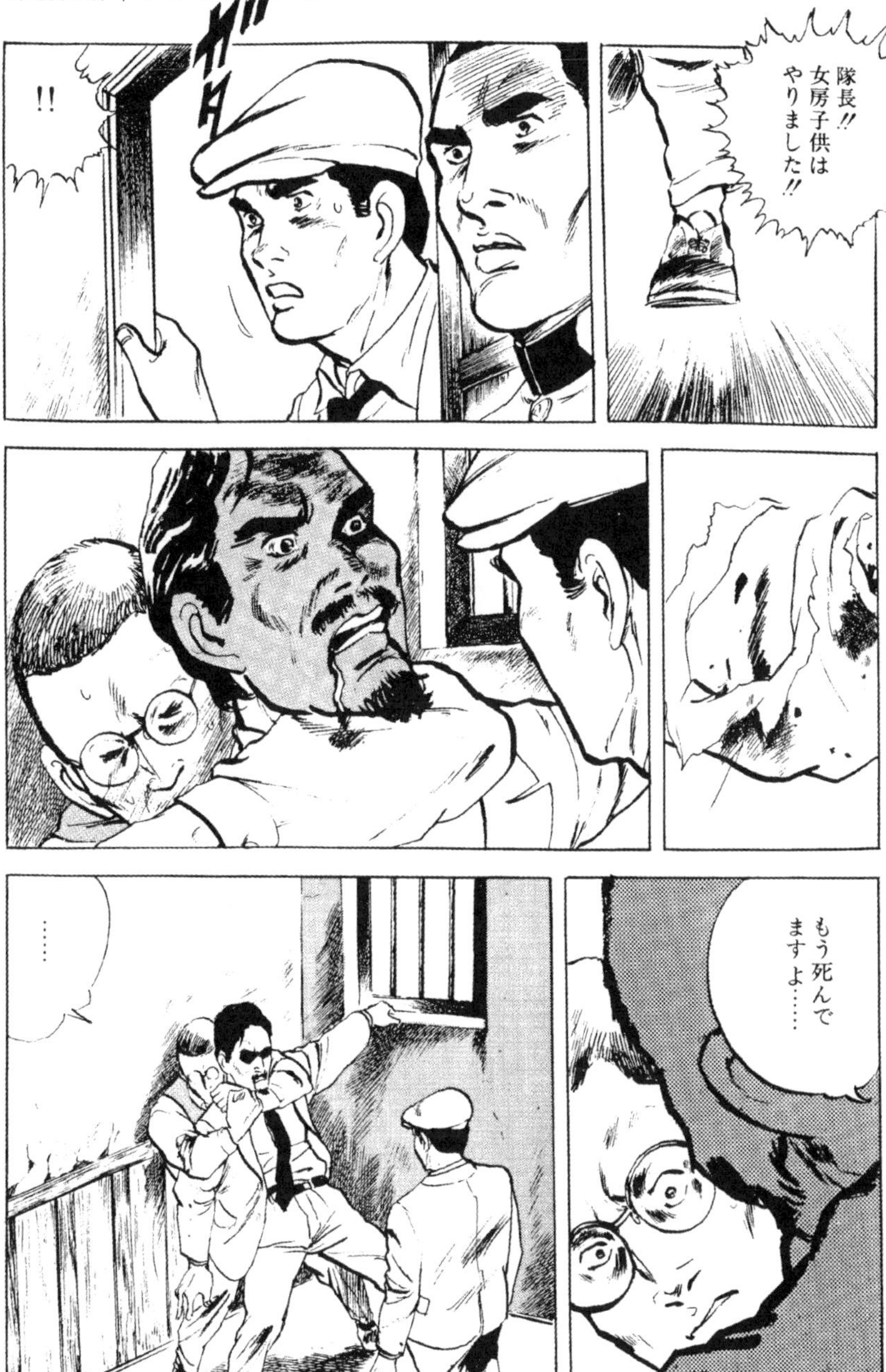
隊長!!
女房子供は
やりました!!
ガタ
!!
もう死んで
ますよ……
……

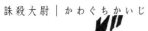

死体をどこか判らぬよう隠すんだ……
おい手伝え!!
ハッ

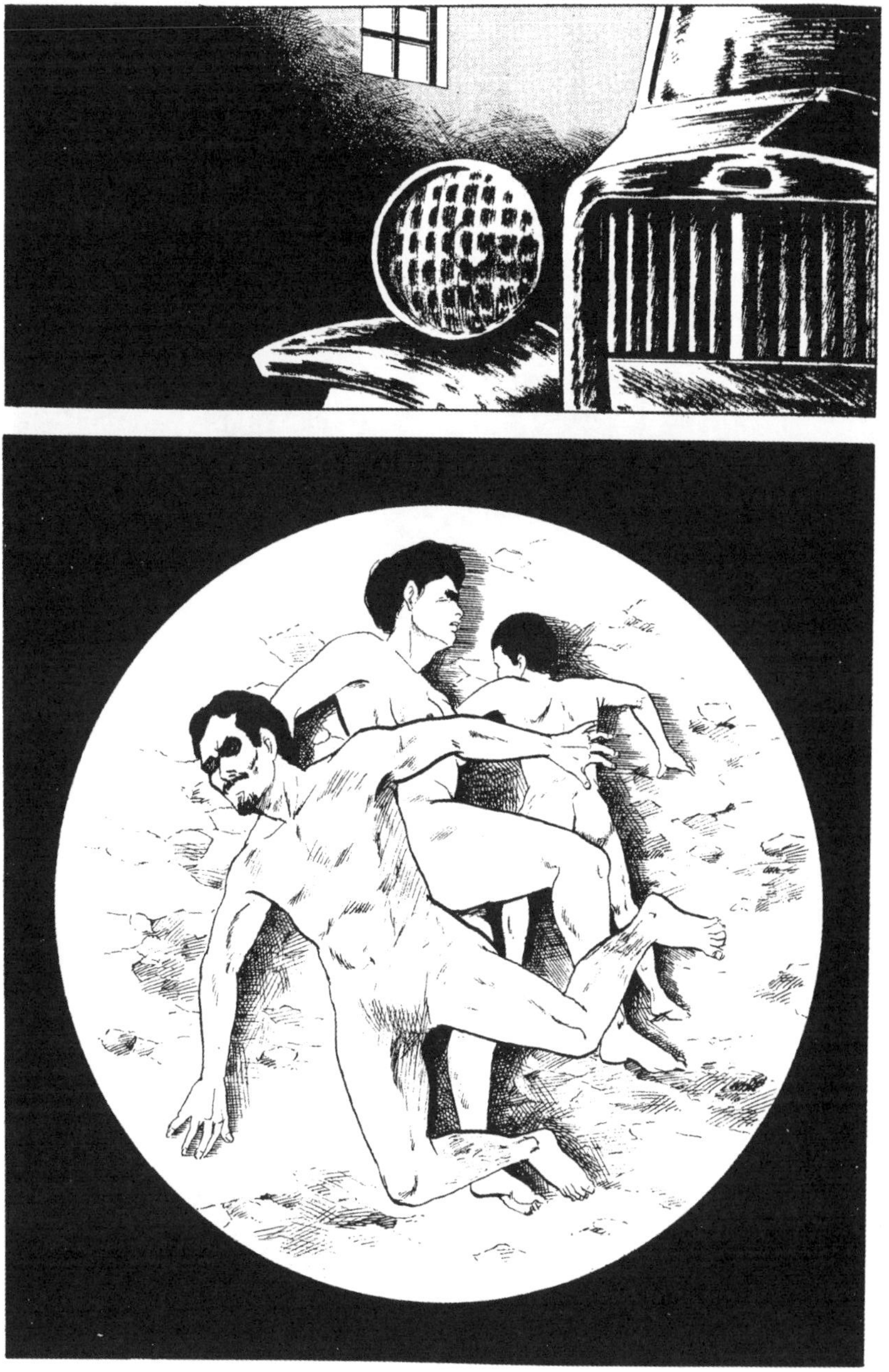

しかし　その数日後
事は発覚した
かねてから
大杉栄を監視していた
警視庁は大杉が憲兵隊に
連行されたまま
消息を絶ったのを
いぶかしく思い内務省に
報告したのである
陸軍は必死で事件の
漏洩《ろうえい》を防ごうとしたが
ことはすでに新聞によって
報道されてしまった
世論に抗しきれず陸軍
大臣は大杉事件の
発表を行なった
陸軍省

陸軍憲兵大尉
甘粕正彦ニ左ノ犯罪
アルコトヲ聞知シ
捜査ヲ終リ本日公訴ヲ
提起シタリ
甘粕憲兵大尉ハ本日十六日夜
大杉栄ホカ二名ノ者ヲ同行シ
是ヲ死ニ致シタリ
陸軍の大汚辱!!
人道の賊　甘粕大
の敵!!甘粕正彦

千葉刑務所
自分は免官になるのでありますか
安心しろ貴様のポストは満州につくっておく
ほとぼりのさめるまで仏蘭西《フランス》にでも遊んで来たまえ
そんな所へは行きたくありませんよ
何故内務大臣に事を明したのでありますか!?

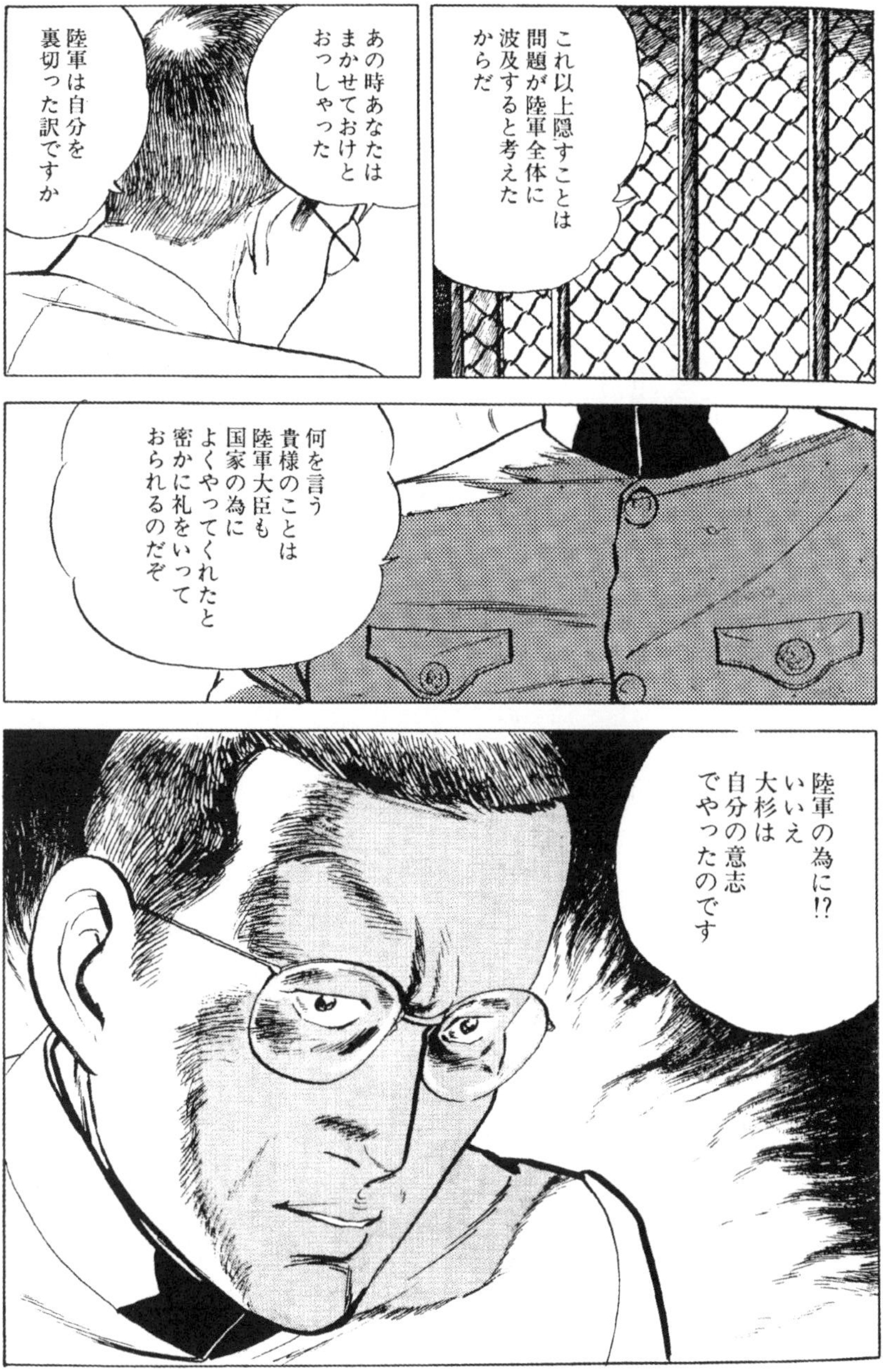
これ以上隠すことは問題が陸軍全体に波及すると考えたからだ
あの時あなたはまかせておけとおっしゃった
陸軍は自分を裏切った訳ですか
何を言う貴様のことは陸軍大臣も国家の為によくやってくれたと密かに礼をいっておられるのだぞ
陸軍の為に!? いいえ大杉は自分の意志でやったのです

その後甘粕元大尉は
三年足らずで出獄
渡仏した後
満州協和会総務部長に
就任した

終戦の時
彼は
満州国の陰の帝王
と呼ばれて
絶大な権勢を
ふるっていたが

ソ連軍侵入とともに
服毒して死んだ

ただ
甘粕は
どんな部屋に入る
時でも
いきなり
開けようとはせず

立ち止まってから
祈るような
静かな態度になり
こころもち頭を
左右にふってから
そっと開ける
妙な癖があった
と言う

朝鮮人虐殺三部作

中川五郎

はじめに

1

一九二三年（大正十二年）九月の関東大震災の後、朝鮮人たちが暴動を起こすというデマが飛び交い、そのデマに煽られて自警団の者たちが朝鮮人や中国人、あるいは朝鮮人や中国人と間違えて日本人を襲い、殺害したり傷つける事件が各地で相次いだ。そのできごとに関連して、ぼくはこれまでに長い物語歌を3曲作っている。

最初に作ったのは、一九二三年九月六日に千葉県の旧福田村で起こった事件のことを歌った「1923年福田村の虐殺」で、その事件は森達也さんの『世界はもっと豊かだし、人はもっと優しい』の中に収められていた「ただこの事実を直視しよう」というエッセイを読んで初めて知り、その後様々な資料にもあたって二〇〇九年六月に歌にした。

次に作ったのは、「トーキング烏山神社の椎の木ブルース」で、これは加藤直樹さんの『九月、東京の路上で　1923年関東大震災　ジェノサイドの残響』という本を読み、その中の九月二日の夜に東京の千歳烏山で起こった事件のことが書かれた「椎の木は誰のために」という文章をほとんどそのまま歌詞にして歌にしたものだ。

そして三曲目が「真新しい名刺」だ。これは韓国生まれで、日本に三十年以上暮らした詩人で随筆家、文筆活動を通じて日韓両国の間にある「こころの壁」をうち崩すために大きな役割を果たした金素雲さん（一九〇七〜一九八一）が、一九五四年九月に『文藝春秋』に書かれた「恩讐三十年」という連作の随筆の中の「真新しい名刺」の文章ほとんどすべてを歌詞にし、ウディ・ガスリーの「Tom Joad」のメロディに合わせて二〇一五年夏に歌にしたものだ。金素雲さんの随筆は一人称で書かれていたが、ぼくは歌にするにあたって三人称に変えた。

これらの三曲を今のところぼくは「関東大震災朝鮮人差別三部作」として歌っている。しかし朝鮮人の土工たちが殺傷されたことを歌った「トーキング烏山神社の椎の木ブルース」や朝鮮人と間違われて四国の行商人たちが虐殺されたことを歌った「1923年福田村の虐殺」と「真新しい名刺」は、同じ三部作でもその内容は大きく異なっている。舞台は関東ではなく大阪だし、事件も朝鮮人が襲われたり、傷つけられたり、殺されたりしたのではなく、集団リンチされそうになった朝鮮人が一人の日本人の出現によって救われている。

ぼくが関東大震災直後のできごと、とりわけデマによって朝鮮人や中国人など異国の人たちが敵扱いされ、殺傷されたり、殺傷されそうになったできごとを歌うのは、それから百年後のこの国で、また同じようなデマが飛び交い、「朝鮮人を殺せ」と街中で大声で叫ぶ人たちが現れ、そんな浅ましい行動がみんなの力で駆逐されることもなく、ほとんどの人たちが見て見ぬ振りをして許しているからだ。そして昔と同じような事件がまたもや繰り返されようとしている。そんな状況の中、二度とそんな愚かなことを繰り返さないために、百年前に自分たちの国で何が起こったのか、自分たちの国の人たちが何をしたのか、ひとりひとりがその事実を今一度しっかりと見つめ、よく考えることがとても大切だとぼくは思っている。だからこそ今ぼくは百年前にこの国で起こったことを次々に歌にして歌っているのだ。

これらの「三部作」で、ぼくは事件を詳しく歌い、激しい怒りをぶつけている。しかし激しい怒りの奥には、人間とは素晴らしいものだ、人と人は信じ合えるものだ、人と人は助け合えるものだという強い思いがあり、ぼくは怒り以上にその思いをみんなに伝えたいがためにこれらの歌を歌っている。「何だ、ヒューマニズムか」、「性善説か」と見下して言う人もきっといることだろう。それでもぼくは人を信じたいし、人間ってほんとうは素敵なんだと思っている。

今こんな時代だからこそ、ぼくは「真新しい名刺」の中の金素雲青年を助けた西阪保治さんの「あたりまえ」の言葉が、とても大きな意味を、とても強い意味を持っているように思う。「日本人が」、「朝鮮人が」、「国籍が」、「血が」と大騒ぎする二〇二〇年代前半のこの国の中で、ぼくは「人間っていったい何だろう」と繰り返し何度も考えながら、「真新しい名刺」を歌っている。

2

「トーキング烏山神社の椎の木ブルース」を作ったのは二〇一四年三月二十七日のことだった。二〇一四年三月十一日に「ころから」から出版された加藤直樹さんの本『九月、東京の路上で　1923年関東大震災ジェノサイドの残響』を発売後すぐに買い求めて読み、その中の「椎の木はだれのために」という章をもとにしてアメリカのトーキング・ブルースの形式で一気に作った歌だ。

加藤直樹さんの本のその章では、1923年9月2日、関東大震災の翌日の夜に千歳烏山で起こった自警団員による朝鮮人の土工襲撃事件とその後烏山神社の参道に植えられた椎の木のことが書かれていた。ぼくは一九八〇年代の後半から九〇年代の半ばまで千歳烏山に住んでいて、自分が住んでいたところでこんな事件があったのかと初めて知ってとても衝撃を受けたし、神社に植樹された椎の木が犠牲者に謝るためではなく加害者をねぎらうために植えられたものらしいという「真相」にも激しく憤った。そこで「トーキング烏山神社の椎の木ブルース」は、事件のこと、烏山神社の椎の木のことを「物語」で歌っていき、最後は「残った椎の木をぶった斬ってやりたい」と絶叫して爆発する歌になった。「トーキング烏山神社の椎の木ブルース」が完成して、ぼくは自分のライブやいろんなイベントでこの歌をさかんに歌った。二〇一七年にはレコーディングも行って、C.R.A.C. Recordings からＣＤシングルをリリースした。

二〇二〇年三月二十日、今は閉店してしまった高円寺の Grain というお店で、社団法人ホウセンカ理事で『関東大震災朝鮮人虐殺の記録』編著者の西崎雅夫さんと専修大学教授で関東大震災朝鮮人虐殺の国家責任を問う会の田中正敬さんの二人が語り、ぼくが「トーキング烏山神社の椎の木ブルース」と「１９２３年福田村の虐殺」を歌う、「トークとライブから今、そしてこれからを考えてみよう」というイベントがあった。

そのイベントに丸浜昭さんが来てくださった。丸浜さんは一九八三年に都立千歳高校で生徒たちと「関東大震災と朝鮮人虐殺を考える会」を作って大橋場の事件や烏山神社の椎の木の真相を明らかにする調査に取り組み、その後東京都の歴史教育者協議会などでも調査研究を続けて論稿を発表し、今も大橋場の事件を考える千歳烏山での学習会やフィールドワークに参加されている。その丸浜さんに

「トーキング烏山神社の椎の木ブルース」の最後で椎の木をぶった斬ってやりたいとぼくが絶叫するのを聞いているとつらくなると言われた。そして大橋場の事件や烏山神社の椎の木に関してはまだまだはっきりしないことがあるとのことで、千歳烏山でのフィールドワークや学習会にも参加してみたらどうですかと誘われた。

自分が作った「トーキング烏山神社の椎の木ブルース」を改めて聞いてみると、加藤直樹さんが「椎の木はだれのために」の中で、一九八七年に発行された『大橋場の跡　石柱碑建立記念の栞』のなかの文章を引用して、「何とも苦い真相だった」と書かれているのをぼくはそのまま受け止めて、「そして真相が明らかになった」と歌詞で決めつけ、「椎の木をぶった斬ってやりたい」という最後の絶叫に持っていってしまっていた。これはちょっと性急で短絡的すぎたのではないか。加藤さんの文章をちゃんと読み返してみると、「この一文から分かるのは、椎の木が朝鮮人犠牲者の供養のためではなく、被告の苦労をねぎらうために植えられた可能性が濃厚であるということだ」と決して断定はしていない。

それからは「トーキング烏山神社の椎の木ブルース」を作った時の最初のヴァージョンで歌うことが難しくなった。そもそもいちばん最初に作った時は、加藤直樹さんが『九月、東京の路上で　1923年関東大震災ジェノサイドの残響』の中で書かれていた文章、「図書館で偶然手に取った世田谷区発行の『世田谷、町村のおいたち』（一九八二年刊行）のなかに、事件について触れた箇所を発見したのである。それは、近所（粕谷）に住んでいた徳富蘆花（一八六八〜一九二七）が随筆『みみずのたはこと』のなかで事件に言及していることを紹介したうえで、こう結んでいた。『今も烏山神社（南烏山二丁目）に十三本の椎の木が粛然とたっていますが、これは殺された朝鮮の人十三人の霊をとむらって地元の人びとが植えたものです』」を、徳富蘆花が椎の木のことをそう書いていると早とちりして誤読し、「徳富蘆花の文章は摩訶不思議」などと歌ってさえいたのだ。ああ、ほんとうに軽率で面目ないことだった。

二〇二〇年三月二十日の高円寺のGrainでのイベントからしばらくして、丸浜昭さんから大橋場事件や烏山神社の椎の木に関する資料を送っていただいた。それらを読みながら事件に関する「真相」はまだまだ闇の中から抜けきれていないと思い知らされた。「トーキング烏山神社の椎の木ブルース」を最初のヴァージョンのまま歌い続けることはますます困難になり、早く新しいヴァージョンを作らなければと決意するも、気持ちばかりが焦ってなかなか完成できない。そのうち、この曲とぼくとの距離はどんどん広がっていってしまった。そして「トーキング烏山神社の椎の木ブルース」を最初のヴァージョンで歌うことはやめてしまった。

二〇二二年九月に調布市に住む方から二〇二三年の初めに千歳烏山で「トーキング烏山神社の椎の木ブルース」を歌うライブをやってもらえないかというオファーがあった。しばらく遠ざけていたその歌を新たなヴァージョンで歌い直すいいチャンスだとぼくはそのオファーを引き受けた。ライブは二〇二三年二月二十五日土曜日十八時三十分から『抗いのうた』というタイトルで千歳烏山のLive Bar "TUBO" で行われた。このライブに向けてぼくは「トーキング烏山神社の椎の木ブルース」の新たなヴァージョンに取り組んでいたが、なかなか完成することができなかった。そしてライブ前日の二月二十四日、何とかかたちにすることができた。これでいいのかどうかはまだよくわからない。これから歌い込んでいくが、最初のヴァージョンをよく知る人たちにどう受け止められるのか、どんな反応が返ってくるのか、とても不安だ。「最終」あるいは「決定版」と呼ばれるヴァージョンに至るまでにはこの先もまだまだ試行錯誤が続くかもしれない。ぼくにとってとても大切なこの歌とはずっと格闘していこうと思う。

1923年福田村の虐殺

YouTubeで
動画を視る
▼

1

一九二三年　大正十二年　九月六日のできごと
それは五日後のこと　関東大震災の日から
千葉県東葛飾郡福田村　今の野田市三ツ堀のあたり

行商人の一団が　その村にやって来た

2

売り物の薬や日用品を　大八車に積んで
やって来た行商人の一団　その数は全部で十五人
朝早く宿を出て歩き続けて　福田村に着いたのは十時頃
利根川の渡し場近くの　神社のあたりでまずは一休み

3

神社のそばの雑貨屋の店先には　二組の若い夫婦に
若者が二人と幼い子供が三人の九人が休み
神社の鳥居の脇には　一組の夫婦に若者と少年
母親とまだひとつの乳飲み子の六人がいた

4

渡し場から船に乗ろうと 行商人が値段の交渉に行く
突然船頭が叫び出し　あたりの空気は一変
「こいつら言葉が変だぞ」　船頭が大声をあげる
警鐘が激しく鳴らされて　村のみんなが駆けつける

5

駐在所の巡査が先頭に立ち　村の自警団員たちが続く
手には竹槍や鳶口《とびぐち》　日本刀や猟銃も
その数は全部で数十人　あるいは百人以上とも
自警団員が行商人に迫る「おまえら日本人か」

6

「わしらは日本人じゃ」答える行商人に「こいつら言葉が変だぞ」
「いったいどこから来たのか」「四国から来たんじゃ」
千葉の人間にしてみれば　聞き慣れぬ讃岐弁
「おまえら日本人なら　君が代歌ってみろ」

7

命じられるまま行商人たち　君が代を歌えば
半信半疑の自警団員たち　今度はお経を唱えろと言ったり
いろはを言えと言ったり　どんどんエスカレート
自分たちと違う見慣れぬ者が　敵に思えて来る

8

本署の指示を仰ごうと　巡査がその場を離れたとたん
不安に駆られた自警団員たち　行商人に襲いかかる
幼な子を抱いて命乞いする母親を　竹槍で突き刺し
逃げる男たちは鳶口で　後から頭をかち割られた

9

川を泳いで逃げようとした者は　小舟で追われ
日本刀でめった切りにされて　銃声も響く
雑貨屋の前にいた九人が　全員殺された
鳥居のそばに残った者たちは　恐怖におののき立ちつくすだけ

10

残りの六人も捕らえられ　川べりに連行された
縄や針金で後ろ手に縛られ　まるで罪人扱い
乳飲み子を抱いたまま縛られた母親を　男が後から蹴りあげ
醜い顔で大声あげる「川に投げ込んでしまえ！」

11

興奮して頭に血が上った　自警団員の男たち
残った六人全員を　後ろ手に縛ったまま
川に投げ込もうとしたちょうどその時　馬に乗った警官が駆けつけて
凄惨極めた虐殺は　そこで止められた

12

九月初めの昼の盛り　利根川の川べりで
九人の行商人が自警団員に惨殺された
幼い子供もいれば　若い身重の母親も
残暑の日差しが容赦なく川面に照りつける

13

襲いかかった自警団員　福田村と隣の田中村の男たち
数十人のうちで逮捕されたのは　たったの八人だけ
殺人罪で起訴されて　懲役刑になったが
大正天皇死去の恩赦で　全員が釈放された

14

殺人者を告発する検察官は「彼らに悪意はなかった」と語り

弁護費用は村費でまかなわれ　家族には見舞金まで支給された
殺人者たちの家族には　村をあげての支援
虐殺された行商人への　謝罪はないまま

15
主犯格の男の一人　出所後は村長となり
やがては市会議員にも選ばれて　地元のために尽くす
おまえは夜眠れたのか　悪夢にうなされなかったのか
おまえたちがしたことは　謝ってすむことじゃない

16
関東大震災の直後に　朝鮮人が井戸に毒を投げ込んだと
デマがいたるところで流され　たくさんの朝鮮人が殺された
誰も彼もが疑心暗鬼　言葉がちょっとおかしいというだけで
母親や幼い子供まで　竹槍で突き殺した

17
自警団員もただの人　家に帰れば優しい父親
我が子の遊ぶ姿に相好《そうごう》を崩し　隣近所と親しく付き合う

そんなどこにでもいる善人たちが　徒党を組んで
不安に煽られたとたん　鬼になってしまう

18

福田村で襲われたのは 四国香川からやって来た行商人たち
僅かな薬や日用品を売って その日その日を暮らす
地元香川のふるさとの　村を後にして
どうして旅をしなければならなかったのか　千キロ近く離れた千葉の果てまで

19

四国香川のふるさとの村で　彼らに仕事はない
稲を育てる田んぼもなく　小作料は高すぎる
地区の人たちのほとんどが　行商をして生きる
旅のつらさ覚悟すれば　からだひとつで始められる仕事

20

虐殺現場の福田村から　謝罪の言葉は届かず
地元香川の中からも　抗議や糾弾の声は起こらず

まるでなかったことにしようと言わんばかりに県のお偉方は知らんぷり
虐殺された行商人のふるさと　香川の被差別部落

21

二〇〇三年九月六日　八十年の歳月が流れ
虐殺現場の三ツ堀で　慰霊碑の除幕式
あの日と同じように　残暑の日差しが照りつける
渡し場は今はゴルフ場　霊はここで八十年さまよっていたのか

22

見知らぬ人には親切に　苦境の人には助けの手を
それがよその土地の人であれ　よその国の人であれ
たとえ自分たちと違っていても　言葉が違っていても
信じることから始めよう　それが人の心というもの

23

昔も今も日本人は　よそ者を嫌い
身内だけで固まる　狭い心の持ち主なのか
デマや流言飛語に弱いのは　臆病者の証拠

信じることから始めよう　人はみんな同じ
朝鮮人だとか部落だとか　小さな日本人よ
朝鮮人だとか部落だとか　小さな人間よ

トーキング烏山神社の椎の木ブルース

1

新宿から京王線の特急に乗って十二分
三つ目の駅が千歳烏山
南口に出て十分ほど歩けば　村の鎮守様の烏山神社
その正面の鳥居を　くぐってみれば

2

鳥居をくぐった参道のそばに
四本の椎の木が高くそびえ立っている
それは今から百年近く前に植えられた十二本の椎の木の

今も残っている　四本だ

3

烏山神社の参道に椎の木が植樹される前のこと
一九二三年　大正十二年
九月二日の午後八時
烏山であるできごとが　起こった

4

神社の近くの甲州街道
烏山の下宿と中宿の真ん中あたり
烏山川にかかる大橋場と呼ばれる石橋の上で　そのできごとは起こった
それは関東大震災の　あくる日のこと

5

関東ではデマが飛び交っていた
大地震の混乱に乗じて朝鮮人たちが暴動を起こし
井戸に毒を投げ込んでいるというデマが
警察も軍隊もそのデマを信じて　広めていた

6

烏山の村でも青年団、在郷軍人団、消防団の男たちが集って
自警団が組まれた
そこに飛び込んで来た知らせ
朝鮮人の暴徒が乗ったトラックが烏山の村に向かっているという　知らせ

7

都心から脱出して西へと西へと向かう
避難民で溢れる甲州街道
そこを逆方向の都心に向かって　夜の中を疾走する一台のトラック
烏山川にかかる石橋に　さしかかる

8

石橋は地震で一部が壊れ
崩れたところに車輪がはまって　トラックは橋の上で立ち往生
そこにやってきたのが村の自警団員たち
手には竹やり、棍棒、鳶口、日本刀

9

トラックを運転していたのは府中の下河原の
土工の親方二階堂左次郎
トラックが積んでいたのは米俵に工事の道具
トラックに乗っていたのは左次郎のもとで働く十七人の朝鮮人の　土工たち

10

その日二階堂左次郎のもとに
京王電鉄から連絡が入った
地震で壊れた笹塚の車庫の修理のために土工を派遣してほしいという依頼
左次郎は土工たちを乗せて夜の甲州街道を　ひた走る

11

左次郎と自警団員たちとの間で
少し押し問答があったが
トラックに乗っていたのは十七人の朝鮮人の土工たち
自警団員たちはすぐにも手にした凶器を振りかざし　襲いかかった

12

凶行現場は大橋場と呼ばれる石橋の上

朝鮮人の土工たちは棍棒や鳶口で殴られ
竹やりで突かれ、日本刀で切られ
傷だらけのまま手足を縄でしばられて道ばたの空き地に　投げ出された

13

十七人の朝鮮人のうち二人が逃げ出し
十五人が重軽傷を負った
知らせを受けて警官が駆けつけ
四人が病院に運ばれたが三十五歳のホン・ギペク（洪其白）翌朝息を引きとった

14

事件の後警察に呼び出されて
取り調べられた自警団員たちは五十人以上
殺傷事件が立件されて十二人が殺人罪で起訴された
その中には大学で英語を教える教授もいた

15

少し時が流れ烏山神社の参道に椎の木が植えられた
そして大きな時の流れと共に事件のことは人々の口には上らなくなった

事件から五十九年が過ぎた一九八二年　世田谷区の広報課から
世田谷区制五十周年を記念して郷土史の本が　出版された

16

その本には大橋場の事件に触れてこう書かれていた
「今も烏山神社に十三本の椎の木が粛然と立っている
これは殺された朝鮮の人十三人の霊をとむらって
地元の人が　植えたもの」

17

しかし殺されたのはホン・ギペクただひとり
重軽傷を負ったのは全部で十四人
参道に植えられた椎の木は全部で十二本
十三人の霊を弔うと書かれたその本の文章は摩訶不思議

18

一九八七年には大橋場跡に石柱碑が建立された
その時の建立記念の栞にも烏山神社の椎の木のことが書かれていた
悲惨で理不尽で不幸なできごとが二度と起こってはならないと

事件を知る地元の古老が話してくれたことがもとに　なっていた

19

不安と恐怖のなか正義感に燃えて襲いかかった者たち
千歳村の連合議会は逮捕され起訴された烏山村の十二人にあたたかい助けの手を差し伸べた
事件は烏山村だけではなく千歳の村すべての不幸
千歳の村はこのように強く優しく美しい郷土愛に　満ち溢れたところ

20

栞には椎の木のことはこう書かれていた
烏山神社の参道に植えられた十二本の椎の木
それは起訴され逮捕された十二人の自警団員たちが
晴れて村に戻れたことを祝って植樹された　ものだったと

21

栞にはこうも書かれている
日本刀が、竹やりがどこの誰がどうしたなど絶対問うてはならない
すべては未曽有の大震災と　行政の不行き届きと
情報の不十分さの　なせる業

22

新宿から京王線の特急に乗って十二分
三つ目の駅が千歳烏山
南口に出て十分ほど歩けば村の鎮守様の烏山神社
そこの椎の木のそばに　ぼくは立っている

23

どれが今も残っている椎の木なのだろうか
大橋場の事件の犠牲者の数、植えられた椎の木の数は諸説紛々
椎の木は被害者に謝るためではなく
加害者をねぎらうために植えられたものなのか
残った椎の木が百年後のこの国の姿を見つめている
百年後のこの国で行われていることを見つめている
百年経っても同じことを繰り返しているこの国の姿を
変わらないこの国　変わらないこの国の人たち
正義感?　美しい郷土愛?
どこの誰がどうしたかは決して問うな?

そして同じことが今も繰り返される
残った椎の木よ、黒くなれ
残った椎の木よ、白くなれ
残った椎の木よ、真っ赤に真っ赤に燃え上がれ

真新しい名刺

1

それは関東大震災直後のこと
住んでいた東京の下宿を
焼け出され知人を頼って
大阪にやって来た
ひとりの朝鮮人の若者がいた

2

関東ではデマが流されて

朝鮮人が殺されたことも知っていたが
若者の歳はまだ十代半ば
血気盛んで反撥意識抱え
朝鮮服を身につけ街に出た

3

玉造からアベノ橋行きの市電に乗ろうとしたが
市電は超満員　車掌台のところに立つと
車掌は穢いものでもつまむように
二本の指先で若者の服の袖を
引っ張って中へ入れようとする

4

血が逆流するほどの憤りを感じ
「何だその手つきは」 若者が声を荒げる
「なんやキサマ、生意気なやっちゃ」 車掌も食ってかかる
「朝鮮人野郎のくせに」 という
言外にこめられたひどい侮蔑

5

「キサマとは何だ、大阪の電気局は
お客さんにそんな口をきけと教えたのか」
「貴い様と書くんや。キサマの何が悪い」
車掌も負けずに言い返す
満員の乗客の視線は二人に集中

6

朝鮮人の若者の剣幕と
流暢な日本語に車掌はヒートアップ
若者も日本人のいわれなき優越感に
虫酸の走る思いでレジスタンスを燃やし
一言半句《いちごんはんく》あとにはひかない

7

車掌と朝鮮人の若者は
悪たれのつきあいを続け
市電は終点のアベノ橋へと

そこには運転手や車掌が屯していた
「話をつけろ」と若者を詰所に連れ込んだ

8

「生意気な野郎だ、やっちまえ」
若者を取り囲む殺気立った連中
その数は全部で二、三十人
車掌相手にイキのいい啖呵をきったが
多勢《たぜい》に無勢《ぶぜい》ただじゃすまぬと若者は観念

9

その時若者の背後で
雷のような大声がとどろいた
「待て！　馬鹿者ども」
若者が驚き振り向くと
そこには真っ赤な顔の小柄な紳士

10

紳士の年は四十歳ぐらい

真っ赤な顔で車掌たちを睨み据え
「この恥知らずども！　その人をどうしようというのだ
指一本触れてみろ
このわしが相手になってやる！」

11

地獄で仏とはまさにこのこと
紳士は電車に乗り合わせていた日本人
怒りに燃えたその目から
涙が一粒こぼれ落ちて
若者は感動に胸を衝かれる

12

紳士は幾分声を和らげ
呆気に取られる制服の連中を見廻す
「事の起りをわしはこの目で見ている
ゴミや虫けらじゃあるまいし
金を払って乗ってる客を

13

二本の指でつまんだら誰だって
腹を立てるのは当たり前
悪かったら悪かったとなぜ素直に謝れんのだ
きみたちは一体どれほど
立派な人間のつもりだ

14

海山越えて遠い他国へ
やって来た人たちを
いたわり助けは出来ないまでも
多勢を頼んで力づくで
片をつけようとはまるで追剝ぎか山賊
そんな量見や根性できみたちは
日本人でございと威張っているのか」

15

殺気にみなぎっていた詰所は

静まり返って声一つ立てる者もいない
歯ぎしりしていた朝鮮人の若者も
ありがたいのを通り越し
何だか相済まない、謝りたい気持ちでいっぱい

16

紳士は大通りの電車道まで
若者を連れ出し手をとって言った
「どうか許してやってくれたまえ
きょうのことはわたしが
代わってお詫びする

17

この先またどんな厭な思いをするかも知れないが
それが日本人の全部じゃないんだからね
腹の立つ時はこのわたしを思い出してくれたまえ」
子供をなだめるように紳士は言って
若者の手に名刺を握らせ立ち去った

名刺に書かれていたのは
日曜世界社長　西阪保治《にしざかやすはる》

18

それから三十年の歳月が流れ
あの時の朝鮮人の若者は
その人の名前を新聞で見かける
聖書大辞典の発行者として
その人は原稿を寄せていた

19

今はもうその紳士は
きっと白髪の老人に
朝鮮人の若者も四十代半ばに
それでも彼の記憶の中には
あの時の一枚の名刺が
少しも汚れず真新しいままで
保存されている

ゆらぐ大地

江馬修

一

一九二三年、九月一日、午前十一時五十八分、旧東京の西部郊外、代々木初台のこじんまりした文化住宅の茶の間で、評論家堀進一が家族といっしょにまるい食卓をかこんで、しずかに箸を動かしていた。

進一は、ヒューマニストで、ガンジーの崇拝者で、特にアジアの民族問題にふかい関心をよせていた。彼も唯心論的な理想主義者の例にもれず、被圧迫民族の問題についても唯物弁証法的な、階級的な観点を示すかわりに、「崇高にして清澄なアジア精神」なるものを強調して、それによるアジア諸民族の統一と融和を夢みていた。たったゆうべも、彼はある雑誌のために、明け方ちかくまで、そんな風な美しい、調子だかい論文を書いていたのだった。そのため、彼はいまも眠り不足らしい、あまりきげんの良くない顔つきで、だまりがちに昼飯をかねたおそい朝飯をたべていたのだ。妻のふゆ子、五つになる長女の康子も、やはりだまって食べつづけた。

さっきまで、相当につよい風があって、ときどきザアッと縁側のガラス戸に吹きつけていたが、いつとなく風がやみ、空も晴れた、そして湿った庭土や、ぬれた庭木の上にまだ真夏らしい日ざしがじりじり照りつけた。進一の家は低い丘の上に立っていたので、畑の間にまばらな人家のみえるやや広い谷間をへだてて、明治神宮の裏門と、練兵場の青々とした原っぱの一部を、その茶の間からでもひと目に見わたすことができた。

進一はふいに、スリッパーをはいて軽くじゅうたんに触れていた左右の足の爪さきに、電気のようにピリピリと触れてくる、かすかな、同時に妙に底力のある震動を感じた。その震動は急激に、リズミカルにぐんぐん高まってくる。地震だ！　しかも上下動だ！

彼はいつか箸をおいてたち上がっていた。家はすでに激しい震動にゆだねられて、勝手元ではぐわら、ぐわらっと物のころげ落ちる音がつづけざまに起こっている。彼は一刻も早く家の外へのがれでた方がよいと思った。彼は康子の方をちらりと見た。彼女はなお箸をもったまま、みそ汁の椀がぐらぐらゆれているのをみて、おどろいて叫んでいた。

「かあちゃん、みそ汁がこぼれるよ」

進一はいきなり康子の手をつかんで飛びだそうとしたが、別室でひとり寝かされているはずの次女のひさ子を思いだした。康子の方は、何とかひとりで逃げだすこともできるが、ひさ子はまだ三つにしかならない。そこで彼は長女を放っておいて、家屋の狂おしく震動する中を、玄関を横ぎって洋室の書斎へとびこんで行った。そして壁ぞいのベッドの上で、ひさ子が毛布の外へ小さな両足をなげ出してぐっすり眠りこんでいるのを、いきなりかっ払らうように抱きあげて、茶の間へかけもどった。この時彼の妻もようやく事の重大さを悟ったように椅子からたち上がっておどおどしていた。

「お前は康子をつれておいで」

そう叫んだと思うと、進一ははだしのまま疾風のように中庭へとびおりた。ところが中庭には、小さい低い木戸があって、それから玄関の前へ、さらに傾斜地を利用した百坪ばかりの前庭へでられるのだった。その木戸はいま彼の前にとざされていた。彼は幼女を抱いたままそれをとび越えようと思ったが、木戸をそのままにしておいては、後から出てくる妻と子どもを逃げおくれさせる危険があるかも知れないと思った。そこで彼はせいぜい心をおちつけて、木戸の金輪をはずしにかかった。なかなかはずれなかった。その間、彼は今にも頭の上へ屋根がおちかかってきそうな気がして恐ろしくてならなかった。

やっと木戸が開いた。広い前庭へ出ることができた。ひさ子は彼の腕の中で目をさまし、けげんそうにきょときょとあたりを見まわしていた。大地の震動はいよいよ激しくなった。みると、屋根の瓦がぐらぐらとずり始めた。それにしても、ふゆ子は長女をつれてどうしてまだ出てこないのか？　彼は気が気でなく、外から大声でけんめいに呼んだ。

「早く出てこないか、早く！」

実際にはこの間は十秒か十五秒だったかも知れない。しかし彼は十分も二十分も待たされた気がした。こんなにぐずぐずしてたら、今に家がつぶれて下じきにされてしまうじゃないか！　妻ののろまかげんに腹をたてて彼は外からどなりつづけた。

「ばかっ、何をぐずぐずしてるんだ？　死んでもいいのかっ？」

ようやくふゆ子が、青ざめた、うろたえきった顔をして、片手に康子の手をひきながら、はだしのまま、木戸から玄関の前まででてきた。とたんに、湿った粘っこい土に足をすべらせて、その場にしりもちをついた、そのために手をひかれていた康子があおのけざまにひっくり返った。その瞬間、玄関の屋根の鬼瓦が彼らの真上からぐわらぐわらっとくずれおちた。進一は「しまった！」と思った。しかしふゆ子はじき起き上がった。つづいて康子もおき上がった。鬼がわらは子どものうしろ頭とすれずれに落下したが、さいわい彼女には触れなかったのだ。あとで進一はずっしりと重い鬼がわらをとりあげてみて、思わずぞっとしたものだ。

「何をぐずぐずしてたのさ。お前には今どんな恐ろしいことが起きてるか分からんのか」

妻と子が自分の側へきたのをみてほっとしながらも、彼はなお腹だたしげに彼女をののしった。

「だってわたし、こんなにひどくなると思わなかったんですもの。それにわたし、まだ帯もしないでいたもんで」

「ふん、帯なんか外へもって出て締めりゃいいんだ」

しかし、何と言ったたって、こうしてみんなが外へ出てしまえば、もう大丈夫だ。家なんかつぶれたって構うもんか。じっさい、この瞬間には、進一には自分と家族の生命の安全を願うほかに、何の欲念もなかった。彼は少しの惜しげもなしに、数年ばかり前にいろいろ苦労してたてた二十坪たらずの、こじんまりした平家が、今にもつぶれそうに恐ろしい音をたてて、がむしゃらに揺れ、軋めくのをじっとながめていた。屋根瓦は黄色い土けむりを立てつつ、けたたましい音とともに、家のまわりへ滝のようになだれ落ちていた。

こんな中でも、進一は現在自分たちが立っている足もとの、みどりの芝生に気をくばっていた。大地震の際にはよく大地が裂けて、その裂け目に人間がはさまれて死ぬことがあると、かねて聞いたことがあったからだ。まだ土地が裂けてはいなかったが、頭の上では電線が今にも切れるかと思われるくらい、幅ひろく、激しく振動していた。そして彼の地所に隣接した元の朝鮮総督寺内伯爵邸の牢獄めいたコンクリートの高い灰色の塀が、今にも彼らの方へ倒れかかりそうにぐらぐら大きく揺れていた。

そこで、進一は子どもと妻をひっぱって、ちょうど玄関から入り口へつづく狭い通路を横ぎり、急いで反対側の芝生へ移ろうとした。そこは隣家の池田将軍邸に接していたが、現在の地点よりはいくらか安全らしく思われたのだ。しかし大地の揺れ方があまりに大きく、大波のようにうねっていたので、一歩を動かすのが容易でなかった。進一は幼女を抱いたまま、ふゆ子は康子と夫に、康子は父と母にすがりついたまま、彼らはまるで荒海で難破船の上に立っているようであった。いくどかよろけて倒れそうになりながら、彼らはどうやら反対側の芝生まで移ることができた。

二

前庭は百坪ばかりのゆるやかな傾斜地で、立木はほとんどなく、一面に芝生になっていた。そまつな入り口の前は、昔ながらの狭い村路で、その低い崖の下は雑草の茂ったひろい平地で、代々木の大きな谷につづいていた。谷をこえると、練兵場につづくでこぼこの丘陵地で、ケヤキその他の丈たかい木立があり、その彼方に明治神宮の黒ずんだ森がひろびろと続いていた。

進一にはそれまで周囲をひろく見まわすゆとりがなかった。でも、家族とひとかたまりになってあぶない足もとをささえながら、何げなく谷間の方をふり返ってみると、人家がごちゃごちゃと群がっているあたり、おそらく倒壊する家屋から舞いのぼったらしい黄色い土けむりがもうもうと空をおおって、天地が急に暗くなりつつあるように見えた。見わたすかぎり、人家とともに、あらゆる木立も、電柱も、いっせいに狂気にとりつかれたように、ゴーゴーというものすごい、異様なとどろきを立てて、ものものしく震えている。同時に、キャーッ、キャーッという恐怖にみちた、絶望的な人間の悲鳴と叫びが八方からきこえる。いよいよ世界の破滅の日が迫ったかとさえ思われた。少なくとも進一には、それまで無限に大きなものと思われていた悠久な世界が、たちまち現在の狭い視野だけに限られてしまい、人類の運命＝歴史の流れが、この一瞬間にせきとめられてしまったような、恐ろしい、息づまるような感じがした。

ふいにすぐ近くで若い女の悲鳴がおこった。隣の将軍邸からで、地ざかいの低いカナメの生垣ごしに見ると、ついそこの離れ座敷のガラス障子の中で、大学生の長男義正を中にして、二人の妹が左右からしがみついて、彼のからだに顔を押しつけているのがみえた。進一は思わず声をかけた。

「義正君、みんなですぐ外へ出なさい。早くしないとダメですよ」

しかし彼らはそのまま動こうとしなかった。みるみる家の下で押しつぶされてゆきそうで進一は見るにたえなかった。

ところが、このとき妙なことが起こった。大地の激動がやんだのだ。地震のやむときなぞ考えもしなかったので、彼は急に思いがけないことがおきたような気がしたらしい。しかしまわりの震動はじっさいに止んでいた。あたりは平常のように静かになり、日は真上から照っていた、――まるで何事もなかったかのように。

彼の家はもとのまま立っていた。屋根がわらはおおかた振いおとされたし、破損もひどいらしかったが、とにかくつぶれはしなかった。進一らはようやくほっとして顔を見合わせた。

隣の離れ座敷の障子があいた。義正とその妹二人がいっしょに顔をだした。いずれも顔が土色して、唇の色がなかった。姉のかつ子がいきなりこう言いだした。

「恐ろしい地震だったわね。こんな地震、初めてよ。うちがつぶれるかと思った！」

「とうちゃんも、かあちゃんも、買物があって三越へ行ってるの。どうしたかしら？」妹の方が心配そうに言った。

「義正君」と進一がまた言った、「やっぱし少しも早く外へ出た方がよくありませんか。揺り返しがあるかも知れないから」

彼がそう言うか言わないうちに、ふたたび大地は激しく震動しはじめた。「キャッ」と悲鳴をあげて兄妹たちはいっせいにひっこんだ。進一と妻子はまたもやひしとひとかたまりになって、よろけながら立っていた。

こんどは進一も初震の時ほどうろたえなかった。そしてこんどこそわが家もつぶれるかも知れないと思いながら、重々しい、ぶきみな音をたてて大ゆれするのをわりあい冷静に見守っていた。それにしても、せっかく最初の激震にもちこらえたのに、二度目にやられるのではいささか残念だという気はした。しかし第二の地震は最初のよりやや小さかった。震動時間も前より短かかった。そして進一はやはりもとのまま立っていた。

「やれやれ、地震もこれでたいがいおしまいだろうよ」

　彼はそれまでしっかり抱いていたひさ子を妻に渡して、自分は周辺の様子をみるために急ぎ足で門をでた。そして村路にそった広い草原をとおして、左手に数十戸の民家がかたまっている方を見やった時、ちょっと自分の目を疑った。いくつかの二階の屋根が、いつのまにかぴったり地面にすわりこんでいるではないか。いくつかの平家は地びたになぎ倒されているではないか！　……

「おやっ、あそこはもとからあんな風だったかしら？」

　進一はわが目を信じかねて、ちょっとの間ぼんやりと立っていた。そこへ義正と妹たちも家からとび出して、彼のそばへ寄ってきた。近所の奥さんたちも集まってきた。

「こりゃ大変だ！」

「きっとおおぜい死んだぞ」

「どれ、行ってみよう」

　みんなでかけ出そうとしたとき、またもや大地の激しい震動が始まった。彼らは夢中で、道ばたにつづく将軍邸の裏土塀につかまって身をささえた。しかし、黒土をもりあげて、そのてっぺんに小さいつつじ藪を植えつらねただけの低い土塀は、ぐらぐらするたびに表土がこぼれて、今にもくずれ落ちそうであった。みると、つい近くに、ひょろ高い二階屋が道ばたにあって、その家の中年の奥さんが、建物の真下にあたる道の上に小さくかがみこんで、じっとしているのが進一の目にとまった。

「そこはあぶないですよ。こっちへいらっしゃい」

彼らは口々にそう呼んだが、奥さんはやはり道ばたにかがみこんだまま、一歩も動こうとしなかった。というよりは、恐ろしさのために足がすくんで動けなかったに違いない。

三度目の地震は最初のにつぐ激しいもので、しかもかなり長くつづいた。あくまでいっさいの家屋を破壊しつくさねばやまないかと思われるほどだった。しかし、こんども、それまで持ちこらえたほどの家は、どうやら助かった。

「こんな地震がもっとくり返すようじゃ、東京はまるつぶれになるだろう」

「この調子だと、東京の町ん中はどんなだろうか」

「きっと被害は大きいぞ」

池田将軍の姉娘が、また三越へ出かけて行った親たちのことを心配しだした。

「三越へ電話してみなすったら」とふゆ子が言った。

「そうだな。だが、電話が通じるかな」義正が心もとなさそうにつぶやいた。

「とにかく電話をかけてみてくださいよ、にいさん」とかつ子がねだった。

「ふむ、かけてもいいが、家の中にはいるのがちょっと気味わるいな」

義正は苦笑してためらっていたが、やがて思いきった様子で自分の家へふみこんで行った。しかし、まもなくもどってきて、みんなにこう報告した。

「だめだ。電話がまるで通じない」

この時にはもう、東京の空にあたって、ちょうど明治神宮の黒ずんだ森の上に、一条の黒い煙がもくもくと立ち登るのが見えた。ひろびろした練兵場の草原のかなた、渋谷か目黒の方角でも、黒煙でもうもうと空がおおわれていた。どこかの火薬庫が爆発したのかも知れないとだれかが言った。近くは新宿あたりでも、大きな火の手があがって、どんどん燃えひろがっているらしいのが見えた。耳をすますと、あっちこっちで、遠く、近く、火の見台の半鐘の鳴っているのがきこえてきた。

つい近くの、初台の火の見台でも、急にけたたましく警鐘が鳴りだした。代々木でもどこかで火が出たらしい。

「おや、どこかしら？」

「あっちに黒い煙がみえる！」

「近いらしいぞ！」

「あっちにも！　ほら、こっちにも！」

恐れと狼狽の色をうかべて、人々はあてもなしに、あっちこっちと駆けだした。この時、村路を三十ぐらいな職人体の男が、片足にゲタを、片足にゾウリを、ちんがもんがにはいてあたふたと駆けてきた。そして進一を見ると、ちょっと立ちどまり、苦しそうにあえぎながら問いかけた。

「この辺に医者はいませんか」

「けが人ですか」

「親方がね、地震におどろいてぶっ倒れたんでさ。心臓マヒだって言うんで、どうせもう脈はとまってるんだがね。どこかに助けてくれる医者がないかと思ってね……」

そして彼はおちつきのない目で、あたりをきょろきょろ見まわしていたが、やがてこうひとりごとをいってかけ出して行った。

「やあ、どこもかしこもひどくやられてらァ。畜生、ひどく鐘をぶちゃがるな。これじゃ、どこへ行ったたって医者なんかいやしめえよ。医者だって手前を助けなくちゃならねえもの、人だすけどころじゃねえやな」

そうひとり言をわめきながらも、職人は今きた道をひき返そうとはしないで、あたふたと先へ駆けて行った。

三

いったん外へとび出したまま、だれも自分の家へはいって行こうとしなかった。じっさい、いつまたどんな激震があるか知れなかった。近所の人々は、村路にそって土手下にひろがった、湿っぽい草ふかい空地のあちこちに避難しはじめた。

進一の一家はまだはだしのままだった。彼は必要な身のまわり品をもち出すために、思いきって家へはいってみた。家は形こそいちおう残存したが、壁はいくつかに大きく裂け、あちこちがごっそりはげおちていた。いっさいは転落し、混乱して、ちょっと足のふみ場もないくらい。彼は自分の洋服や、妻の着がえや、子供の菓子などをすばやくもち出した。そして庭の木のかげで、大急ぎで着がえをしたり、はき物をはいたりした。それから彼らは下の草地へおりて行った。そしてそこに白い毛布をひろげ、さらにひろげたコウモリ傘を土につきさしてささやかな日かげをつくった。そしてふゆ子と子どもたちをすわらせた。

草の上にすわってみると、小さなぶきみな震動がたえず小きざみにからだにつたわってきて、大地がなおひっきりなしに揺れていることが分かった。激震こそいちおう静まりはしたが、地震はまだ終わっていないのだった。これでは当分野外でくらすより仕方がなかった。

草原には、進一の家の裏側に住んでいる溝口の細君が、大小四人の子どもと下女をつれてかたまっていた。彼女の主人はある貿易会社の重役だったが、むろん今は不在だった。大学生の義正と二人の妹もいくつかの椅子をもち出して、ぐるりとかたまっていた。その外に時田の細君、奥村の一族なぞ、たいてい隣近所の人たちだったが、やや離れた場所からやってきた、互いに見知らぬ人々の顔もまじっていた。多くは草地の上に毛布をひろげたり、戸板をもち出したり、中には古畳をはこんできたものなどもあって、いずれも脅やかされた、不安な、くらい顔をして、あちこちにひそひそとかたまっていた。

池田の隣家の酒井には、中気のためにもう数年間寝たっきりの年とった母親があった。男たちは皆仕事のために東京へ行っていたので、家に残された娘ひとりで病人を避難させねばならなかった。彼女はもう四十ちかい老嬢で、内気な、無口な女だったが、地震になるといち早く母親をせおって、この草地へはこび出した。そして家と大地がたえまなく震動する中を、いっこうに恐れるようすもなく、家からひとりで夜具を運んだり、食事と薬をもち出したりした。そして外の人たちとはやや離れた所で、わずかな木立のかげを選んでそこに白麻の蚊帳までつって、病人のために安全な避難所をこしらえてやった。そのかいがいしさに人びとはみな感嘆の目をむけていたが、だれも立って行って少しでも彼女を手助けしようとはしなかった。みんなの思いは自分たちのことだけでいっぱいだったのだ。

この間に、神宮の森のかなたに黒く立ちのぼっていた火災の煙は、刻々東京の空をおおうていよいよ濃く、暗くひろがり始めた。新宿であがった火の手も、どんどん燃えひろがってゆくのが、煙のひろがり方でよく分かった。はるかに伝わってくるワァーッ、ワァーッというどよめきにまじって、建物のやけ落ちるような騒音と、ものの爆発するような音がひびいてくる。人々は一様に脅やかされた、心配にみちた目をあげて、のべつ東京の空をながめやった。彼らの愛する夫や、息子たちは、おおかた勤めのために東京へ行っているのだ。彼らがぶじでいるか、死んでいるか、知るすべもなかった。

進一だけは家族がみんな揃っていた。それでも彼には、本郷に住む兄の家が心配でならなかったし、知合いのだれかれのことも案じられた。子どもたちはのんきだった。次女は母親の乳房をくわえて眠っていたし、康子はそこへ避難してきた近所の友だちといっしょになってたのしそうに遊んでいた。そこで、進一は近所の被害のもようを見てこようと思ってひとりで出かけた。

彼は草原をつたい、畑をよこぎって、街道よりの、何軒か家屋のつぶされたあたりへ行った。二軒つづきの、新しい平屋だちの家が、まるで鉢をふせたように地びたへぺしゃんこにつぶれこんでいた。さらに、街道ぞいに立っていた、同じような型で造られたひょろ高い新築の二階づくりの家が、三、四軒、いずれも根こそぎにされたようにでんぐり返って、屋根も、押入れも、便所もさんざんに破壊されていた。ここいらはすべて田圃を埋めたてた柔かい地盤だったので、最初の激震でひとたまりもなくやられてしまったのだ。

いろいろな人たちが集まっていた。あるものはむざんな破壊の跡を見まわして、手のつけようも無いというようにぼんやり立ちすくんでいる。屋根の瓦をめくったり、羽目板をとりのけたり、柱を動かしたりして、下敷きになった家財をけんめいに取りだしているものもある。道ばたにあったバラックづくりの魚屋もあっさりつぶされていた。でっぷりとふとった赤ら顔のおやじが、ほとんど素はだかで、血ばしった大きな目をぎょろぎょろさせながら、どうやら掘りだしたデバ庖丁をもって、こわれた跡をやたらにひっかいていた。そして進一の顔を見ると、いきなり弁解でもするようにつぶやいた。

「命からがら逃げてはでたが、ゼニをもちだすひまがなかったんでね……」

四十前後の八百屋のおかみさんが、ずたずたひき裂けたユカタを引きずるように着て、はだしのまま路上に立っていたが、通りかかったものをだれでもとらえて、さも面白そうに話しかけていた。こんな非常の際になると、人はだれでも、相手が知合いであろうと無かろうと、見さかいなしに話しかけるものだ。

「ええ、逃げだすひまなんかあるもんかね。いきなりグヮラ、グヮラ、ピシャンときたんだからね。あたしゃ子どもを二人かかえて、すばやくタンスのかげにすわったんで、命だけは助かったんだよ。でもね、そこからどうして表まではいだしたのか、てんでおぼえがないのさ、ただ子どもたちが、やたらにおれの手足にしがみつくんで、困ったことだけはおぼえてるがね。おれが明かりのさしている方へはいだそうとすると、子どもらは（かあちゃん、こわいよ、かあちゃん、こわいよ）って泣き叫んで、反対に暗い方へずんずんはいって行こうとするんだよ」

「ケガはなかったの?」とだれかがきいた。

「べつに何とも無いようだね。まだからだなんか調べてもみないけど。でも、肩から腰のあたりが何となく痛いような気もするよ。もしかすると、いくらかケガしてるかも知れんね。でも、命さえ助かりゃ……」

そして八百屋のおかみさんは、いかにもひどく気のたかぶったようにこう言って、急に高い声をあげてたかだかと笑った。と思うと、彼女はまたわが家のこわれた跡に身をかがめて、何かをせっせと捜しだした。

進一がこのあたりまでやってくると、七十歳あまりと思われる、破れた白地のユカタをきたひどくやせこけた老人が、おそろしく細長い顔に、まっ白な長いあごひげを垂らし、片手で細い杖にすがるようにして、道ばたの石の上にぐったりと腰をおろしていた。家をやられた仲間に違いなかった。進一は老人の様子に妙に心を動かされ、ちょっと足をとめてこうきいた。

「だいぶ家がつぶれていますが、死傷者はないんでしょうか」

「あれが見えぬかね？　即死が一人、重傷が二人じゃ」

老人は物うそうに言って、五〇メートルぐらい離れた所にある道ばたの空地をさしてみせた。空地に隣《とな》って、かなりぜいたくな造りの大きな二階建ての家が立っていたが、今は門や板塀といっしょに往来の半ばをおおうて、ぺっしゃりと押しつぶされていた。そして空地には三つの人体が、黄色い土の上にじかにころがしてあった。ま昼の日光が容赦なく彼らの上にじりじり照りつけているが何のおおいもしてなかった。いずれも全身が黄色い土まぶしになって、さっぱり動かないので、みんな死んでいるかと思われた。ただ五十ぐらいな婦人が、照りつける光をさえぎろうとするように、細い白い片手を顔の上でよわよわしく動かしていた。街道をあわただしく往来する人々は、てんで彼らに目をとめないか、見ても急いで目をそらして、さっさと行きすぎた。

「あの人たちは、あそこのつぶれた二階屋の人なんですか」

進一がそうきくと、白いあごひげの老人は半ばあえぐような息づかいの中でこう語った。

「わしはあの向かいに住んどるが、わしの家も半つぶれさ、そうら地震じゃっていうんで、わしはこのとおりはだしで往来へ逃げだしたが、その時あの大きな二階屋が、わしの目の前で、グヮラグヮラッと恐ろしい音をたてて土けむりといっしょに倒れてきた。あのとおり屋根が往来までとどいているので、わしも危うく下敷きにされるとこじゃった。わしはさいわい助かったが、気がつくと、つぶれた屋根の下から、(助けてくれい！)という女の悲鳴が聞こえるじゃないか。そのとき、その二階屋の若い主人ひとりだけ表へとび出していたが、(三人ほどこの屋根の下になってるんだ)と言って、青くなってうろうろしている。そこでわしは、うちの若い者といっしょになって、下敷きになった人たちを助けだしにかかった。まず、何よりも先に屋根をむしってしまえってんで、片っぱしから瓦をめくりとっちゃ、ぽんぽん投げ出したもんじゃ。すると、相変わらずそこらをうろうろしていた若主人め、わしに向かってこう言うじゃないか。

(もっとていねいに扱って、瓦をそんなに乱暴に放り出さないでくれ。こわれちゃ二度と使えなくなるから)

(へん、この期になって、よくもそんなけちけちしたことが言えたもんだ。お前さんにゃ、あの助けてくれえって声が聞こえねえのか。もしかするとお前さんの女房かも知れねえぞ。人の命を助けるためじゃ、瓦の百枚や二百枚ぶっこわしたって構やしねえ、業つくばりめっ！)

そういうわけで、わしらは片っぱしから瓦をめくりとって、こんどは前よりいっそう荒っぽく、ぽんぽん放り出したさ。そしてどうやら屋根に大きな穴をこしらえたのじゃ。まずわしが、五十ぐらいの女を引きずりだした。顔じゅう血だらけで、首が折れたようになって、息が切れていた。何でもけさ遠方から訪ねてきた親類のお客さんだったそうだ。それからおじいさんと、おかみさんをひっぱり出した。まだ生きてはいるが、傷はだいぶん重そうにみえた。あの空地にころがしてあるのがその人たちさ。だけど、まア、あの若おやじを見てごらんよ、ふだん高利貸なんかやるだけあって、死人やケガ人をあそこに放りだしたまま、自分はこわれた屋敷跡をうろうろしてやがる。きっと金庫のあり場所を捜してるに違いないが、どうしてあんな奴が死ななかったのかなア」

見ると、高利貸の若おやじとよばれた三十五、六のほほのとがった、冷たい、陰気な顔つきをした小柄の男が、はだしのまま、黒っぽい単衣のすそを尻からげにして、つぶされた屋根の瓦を一枚一枚、いかにも大事そうにめくりとっては、そばに積み重ねていた。今の彼にとっては、空地に放りだされている重傷の母親や女房のことよりも、このつぶされた家の中から、なおどれだけの財貨を救いだすことができるか、その方がいっそう切実な関心事なのだとしか見えなかった。そういう彼の姿は、破壊の跡にも劣らず、見るものに一種の陰惨な感じをあたえた。

老人は進一といっしょにしばらくこの光景に目をやっていたが、やがてまた苦しそうな息づかいをして言葉をつづけた。

「わしもずいぶん長生きしたが、こんな恐ろしい目にあうのは初めてじゃ。近ごろはどうも世の中が悪うなってきたと思っていたら、とうとうこんな事がおっぱじまった。まだこれからさき、どんな恐ろしいことが起こるか知れたもんじゃない。それを思うと、わしはもう長生きもしたくないよ」

そして老人は片手で杖にすがったまま、ひょろ長い首をがっくり垂れた。白い長いあごひげが、あばら骨の浮きでたしわ深い胸につかえ、二つに折れまがった。

四

私立ではあるが、有名な女子の短距離走者の出身校として知られている女子体操塾もいちおう外形を残していたが、半つぶれに近い状態になっていた。エープロン式の体操服をきた若い女生徒五十人ばかりが、まわりの空地にかたまって避難していた。塾長であり、同時にただひとりの体操教師でもある、色のくろい、背の低い、でっぷりとふとった、生徒と同じようにエープロン式の体操服をきたN先生が、とおりかかった進一を見ると、ひどく興奮した口調で声高に話しかけた。

「お宅さまはご無事だったんでしょう。よかったですわね。わたしらの学校はあのとおり半つぶれでしょう、困ってしまいますわ。何しろ日本全国から大事な娘さんたちを預かっているんですし、ほんとうにどうしたら良いか、途方にくれますわ。でも、まだまだ運がよかったんですよ。じつは学校の宿舎が狭すぎるもんですから、近所の××さんの二階をお借りして、一両日うちに生徒の一部をそこに移らせることにしていたんです。ところが、今みると、その二階がまるでひっくり返っているじゃありませんか。もし生徒があそこへ移っていたとしたら……ほんとに思ってみるだけで気が遠くなりそうですよ」

そして老塾長はみごとに盛り上がった胸に両手をあてて、今にも気が遠くなりそうに両眼をつぶってみせた。

進一は体操塾の前をとおって、別の道路へ出た。それは左手に練兵場つづきの段丘を、右手に初台の段丘をのぞむ、やや広い谷間をつらぬいて、やっと数年前につくられた新しい二間幅の道で、まだ両側にたち並ぶような人家もなく、まったく田舎風の街道であった。これから五、六年後に小田原急行電車がこの谷間を走ることになったが、この時分にはまだできてなかった。彼はこの道へ出たとたんに、思わず足をとめて前方へ目を走らせた。片側につづく電柱の列が、まるでドイツ表現派の絵のように、あるものは右へ、あるものは左へという風に、半ばよろけて、てんでんばらばらなかっこうをしている。いくつかに切れた電線がだらりと道ばたに垂れさがっている。電柱の上におかれた黒い大きな変圧器が墜落して、路面にふかくめりこんでいる。路面には、到るところ縦横に大きな亀裂ができている。ある部分は大きく陥没し、特にひどいところは、裂け目が二尺ばかりもずれて、地面がくいちがっている。それは見るだけに惨として、息をのませるような光景であった。

進一は足もとに注意しながら、谷間の道を歩いて行った。右手につづく初台の丘には、彼の家を初め、どの家も屋根瓦をおとされた程度で、もとのまま立ち残っている。ことに彼の隣の元朝鮮総督寺内元師邸の、城のように堂々とした豪壮な洋館は、赤い屋根がわら一つずれた様子もなく、七千坪を擁するひろびろとした大庭園の中に、ま昼の光にかがやきながら、憎らしいまでにがっちりとそびえていた。

左手につづいたなだらかな、でこぼこの多い青草と木立の段丘には、避難した人たちの姿がてんてんと見えていた。どこから来た人たちか、とにかくここまで逃げてくれれば、またどんな大地震がやってきても安心だといわぬばかりに、高いケヤキの巨木や、クヌギ林の中なぞに腰をおろして、谷間のあちこちをぼんやりながめ渡していた。

行く手にあたって、谷間のややすぼまったところに、新しい家が十軒ばかりごちゃごちゃかたまって、一つの部落のようになっていた。彼がいま何げなくその方に目をやると、いつもそこにあった二階がいくつか見えなくなっている。そこには彼が知合いの若い朝鮮人が三、四人住んでいるのだ。彼は急に不安になって、でこぼこの道路を駆け出した。駆けながら見ると、今しも家々の間から、一つの担架がかつぎ出された。担架とはいっても、戸板を利用したもので、いずれもシャツにズボンをつけた若い男が二人、前後から両手でそれをささえて、しずしずと道路を横ぎり、原っぱの方へ行く。みると、そこにはたったきのうまで練習のために掘られた塹壕があり、兵隊が使いっぱなしにした灰色のテントが一つ立っている。担架はやがてその中へかつぎこまれて行った。

行きついてみると、そこではやはり五つ六つの家がやられていた。あんまりひどく破壊されていたので、実際につぶれたのが何戸なのか、はっきり判明しないくらいだった。鄭が同郷の学生二人と共同で借りていた小さい平家は、ひどくゆがんで、半つぶれに近かったが、どうやら倒壊をのぞかれた。せまい空地には、いかにも朝鮮人の住居らしく、彼らの好物のナンバンがいっぱい植えてあって、すでにまっ赤に色づいていた。その隣の、李がその二階を間借りしていた家は、土台からみごとにひっくり返っていた。

人びとは皆たかぶった、とりのぼせた様子で、ほこりでむせかえるような破壊の跡を、充血した血まなこで、何やら一心に捜しまわっていた。多くの日本人にまじって鄭もいたが、せいの高い李の姿もまじっていた。進一は思わず声をかけた。

「李君、無事で良かったですね。ケガはしなかったですか」

「ありがとうございます」李は進一のそばへ寄ってきて、ていねいに長髪の頭をさげながら、やや言いにくそうな日本語で話した。

「ぼく、ちょうど二階で勉強していました。家が倒れるとき、ぼくは窓からとびおりました。少し足痛めましたが、大丈夫です」

そういう彼は少しびっこを引いていた。そして彼は言葉をつづけた。

「この家の人たち、たいへん気の毒ですね。若い奥さんが、生まれたばかりの赤ん坊といっしょに屋根の下になったのです。鄭君とぼくと二人で、今やっと奥さんを助け出しました。だいぶんケガしてますが、命は助かると思います。いまあそこの原のテントまでかついで行きました。まだ赤ん坊が見つかりません。みんなで捜していますが、さっぱり泣き声がしませんから、つぶされて死んだのでは無いでしょうか、ね？」

これで人々があんなに血まなこになっているわけが進一に分かった。みると、よごれきったユカタをきた大柄な鄭が、太い桜の木のステッキをもって、屋根板をあちこちとこじあけては、わき目もふらずに屋根下をのぞいて見ていた。やや目尻のつり上がった、色の黒い、粗野な彼の顔は、そうした熱中と真剣さのためにいささかけわしい表情に見えさえした。

ふいに鄭の荒っぽい大きな声がつっ走った。

「いた、いた！　ここにいるぞっ！」

みんな鄭のそばへ駆けよった。

「どれ、どこに？」

「生きているか？」

鄭はしかしわき見もしなかった。彼は太いステッキを、破れ目から屋根の下へぐっとさしこみ、それをテコにしてありったけの力で屋根板の一部をもちあげた。そして李にむかって、せきこんだ朝鮮話で何やらわめいた。李はすばやくそこへ寄って、うずくまるように身をかがめると、屋根の下へぐっと片手をふかくさしこんだ。そして赤いフトンに包まれた小さなものをずるずると引き出した。赤ん坊の泣き声が急にいせいせい良くひびき渡った、まるでたったいま母胎から生まれでたように。

「あっ、生きてる！」

「赤ん坊が生きてた！」

みなの口から賛歌のようにこうした喜びの言葉がほとばしり出た。だれも彼も目に涙さえうかべて、熱心に赤ん坊をのぞきこんだ。この間に鄭は、李の腕から赤ん坊を抱きとり、李といっしょに赤ん坊の顔と手足をひととおり大急ぎで調べてみた。

「大丈夫、どこにもケガしていない。ちょうど、火鉢の横にころがっていたから良かったんですね」

鄭は興奮と喜びのために骨ばった黒い顔を赤ぐろく上気させてまわりの人たちにこう言った。

若い女の声が叫んだ。「だれか早く行って、赤ん坊のかあちゃんに知らせてあげてよ」

若い男が原っぱのテントを目ざしていっさんに駆けだした。

五

赤いおべべにくるまった、生まれてまもない赤ん坊は、鄭のたくましい腕の中で、まだ物の見えない小さい澄んだ目と、うすい眉根を気むずかしげにひそめて、乳房を求めるように小さい口もとをとがらせていた。これは一個の人間というより、美しい、純な、生命そのもののようにみえた。鄭はそのうぶ毛だらけな、赤い顔をのぞきこんで、さも幸福そうに見とれた。李もそばから臆病そうに指さきでそっと赤ん坊のほほにさわったり、笑顔をつくって朝鮮語で何かあいそを言ったりした。赤ん坊にはどんな異国の言葉でも理解する能力があると信じているかのように。

「どうれ、わたしにも抱かせて」

若い女がそう言って鄭から赤ん坊を抱きとりながら、

「ほんとに幸運な赤ちゃんね、ケガひとつしないなんて、奇跡だわ」

「でも赤ちゃんは、自分がどんな目に会ったのか、ちっとも知らないのね。こんどはわたしよ、抱くのは」

そして別の女が相手からまた赤ん坊を抱きとった。

この間に、さかしい目つきをした、浅ぐろい、小柄な中年の女が、鄭と李にむかってこんな風にほめた言葉をおくっていた。

「李さんも、鄭さんも、たいへんなお手柄をなすったわ。奥さんを助けだしたうえに、赤ん坊まで助けたんですものね。人のいのちを助けるって、まったく偉いことです」

そこへ赤ん坊の父親が息せききって飛んできた。小学校の先生だという、三十あまりの、小柄な、貧相な男で、半そでのシャツに、よれよれの白ズボン、それに運動靴をはいている。彼はまず鄭と李のそばへ行って、彼らにむかって同時に、または別々に、ぺこぺことふかく頭をさげた。

「どうもありがとうございます。あなた方は女房と子どもの命の大恩人です。ご恩はけっして忘れません。ほんと、ほんとにありがとうございました」

彼の目にはぎらりと涙が光っていた。

鄭が当惑して、いささかへどもどして返事につまっているのをみて、李が側から代わるようにしてこたえた。

「そんなに言われると、困ります。ぼくら、当り前のことしただけです」

「奥さんは大丈夫ですか」と鄭がきいた。

「腰をぶったようでひどく痛がりますが、大丈夫です。それに赤ちゃんが助かったときいて、急に元気になりました」

「そうだわ、少しも早くおかあさんに赤ちゃんを見せてあげなくちゃ……」と、だれか女の声が叫ぶように言った。

父親はだれかれの見さかいなく、そのまわりにいる人びとにむかって「ありがとうございました」をくり返してぺこぺこ頭をさげながら、ようやく赤ん坊をうけとると、まるでさらって逃亡でもするように、原っぱの灰色のテントにむかって駆け出した。

進一は李の家がまるつぶれになり、鄭の住居も半ば傾いているのをみて、彼らにとりあえず彼の家へきて同居したらどうかとすすめてみた。鄭はぶこつに頭をさげて、

「ありがとうございます。李君、どうするかい。ぼくの所だってつぶれたわけじゃないし、いっしょに住めないこともないぜ……」

「そうだなあ、どっちにしたって、まだ二日や三日は家の中に住む気になれんね。原っぱで野宿している方が安心だもの」と言って李は苦笑した。

「どちらでも君たちの良いように。ところで同宿の友だちはどうしましたか」

「金君はけさ早く東京へ行きました。朴君はきのう横浜へ行ったまま、まだもどってきません」

「ほう、横浜へ。あちらは地震はどうだったでしょうね?」

「そうですね。あの男はこっちにいなくてしあわせでしたよ」

鄭はあっさりそう言ったあとで、李といっしょになって、つぶされた家の下敷きになった夜具や書籍を掘り出しにかかった。李はいらだった声でくり返しこう呼んでいた。

「何よりも本をとり出してくれ。本をなくしたら困ってしまう。それに、講義のノートを……」

進一はそこでみんなといっしょに、財貨の掘り出しを手伝っていたが、彼にはまだこの谷の奥の方に住んでいる蔡のことが気にかかってならなかった。蔡はやはり朝鮮の苦学生の一人だったが、もともと作家志望の文学青年で、もう三年来進一の家へ親しく出入りしていたのだ。そこで彼は彼らに別

れをつげ、また破損だらけの谷間の道路にそって、奥まった深町の方へ歩いて行った。ぽつりぽつりと道ばたに立った家はほとんどまるつぶれか、半つぶれになっており、屋根がわらを振りおとされたぐらいですんでいるのは最も被害の少ない方であった。人人はいたるところで、自分らの家財を道ばたや、近くの空地へもち出すために、夢中でせかせかとたち働いていた。

蔡の間借りしていた二階家はかなり横に傾いていたが、どうやら倒壊をまぬがれていた。家の前に立って近所の人たちとおしゃべりに熱中していた五十前後の宿のおかみさんを見つけて進一はきいてみた。

「蔡君はいますか」

「けさ早く東京の方へ行きましたよ」 おかみはおしゃべりを中断されたのに腹をたてたらしく、さも面倒くさいと言わぬばかりに、眉根さえよせて冷淡にこたえた。

進一はとりつく島がなかった。彼はすぐに引き返そうとしたが、せっかくここまで来たついでに、もっと奥の富ガ谷の方まで行ってみる気になった。ところが、新築の家ばかりで道路をはさんできれいなひと筋町のできた新開地の近くまで来て、彼は道の上に茫然と立ちすくんだ。両側の屋並が、数町にわたって、きれいさっぱりと将棋だおしになっているのではないか！

「こりゃたいへんだ」

彼は思わずつぶやいた。あとで分かったように、この谷間だけで一五〇にあまる人家がつぶれたのだ。むろん死傷者の数も多かった。このさまを見ては、今さらのように東京の被害の甚大さを思いやらずにいられなかった。彼は急に名状しがたい不安と恐れにおそわれて、やってきたばかりのでこぼこ道を大急ぎでひき返して行った。

六

空は遠く深く晴れわたった。そしてまだ真夏らしい太陽の光が、災厄にみまわれた大地の上にじりじり照りつけた。神宮の森のかなた、東京の空にたちのぼる黒い煙は、いよいよ濃く、はばひろくなっていく。それに、この時分になると、いつとはなしに、巨大な山岳のような一団の入道雲が、凶兆めかしく、奇怪な頭をもくもくと中空にもたげて、まぶしいばかりの銀色に輝いていた。同時に、横浜方面とおもわれる南の空にも、これほど大きくはないが、やはりぶきみな、奇怪な銀色の入道雲がたかだかと頭をもたげているのが見えた、ちょうど東京方面のそれと相呼応して、地上の大災厄を見まもろうとするかのように。

まぢかな新宿の火事は、ますます燃えひろがっているらしく、黒い煙は幅ひろくひろがるばかりだった。半鐘は相変わらず、遠く近く、いたるところで鳴っていた。

進一が草原の避難所へ戻ってみると、そこではもう東京市内の恐ろしい被害のもようがさまざまにとり沙汰されていた。市内では三十ヵ所以上で出火しているそうだ、宮城からも火がでて、盛んにもえているそうだ、警視庁も、東京駅も焼けているそうだ、なぞ。

夫や息子を勤めのために東京へやっている人たちの心配と憂慮は、そばでみているのも辛いくらいだった。彼らは頭の上の村みちを、あわただしく通って行く人さえみれば、それが労働者だろうと、新しいニュースを求めて、相手かまわず問いかけるのであった。

「銀座辺はどうでしょうか。うちはあそこの大倉商事へでてるんですが……」

そうきくのは乳房を赤ん坊に含ませた吉田の若い細君だった。

「日本橋の方はどうでしょうね？」これは溝口の中年の細君だった。

「もしもし、あなたは東京の方から来られたんじゃないですか。まさか三越はつぶれやしなかったでしょうね？　まア、つぶされさえしなけりゃ、火事なんかどんなにしてだって逃げ出せますからね」

これは池田義正だった。

そこへ、もとの池田中将閣下が、夫人と八つになる男の子を伴って、向こうのつぶされた家々の間をぬって、空地づたいに大急ぎでこっちへやってくる姿がみえてきた。

「おとうさん！　おかあさァん！」

姉妹は同時によろこびの叫びをあげた。

やせて、骨ばった、せいの高い池田将軍は、白い麻の詰襟服をきて、黄ばんだ上等のパナマ帽をかぶっていた。でっぷりと太った、まる顔の夫人は、下駄のかわりに三越の店内用のカバーを白たびの上につっかけていた。

「どうだった？　みんな無事のようだね」

将軍は努めておちつきをよそおって、息子と娘たちに笑顔で話しかけたが、あきらかにひどく興奮していた。同時にどうやらここまできて、ようやく安堵したという様子で、わが家の方を見あげながら、

「ふむ、うちもつぶれなかったね。そこまできたら、あのとおり何軒もべたべたつぶれてるだろう。こりゃ、てっきり家もやられたと思ったよ。まアまア、みんなぶじでよかった」

「あの時三越の中にいたの？」姉のかつ子が母親にきいた。

「そうさ、二階でちょうど買物をしている最中に、あの大きな建物がグラグラッと揺れだしたんだよ」

「あんた、泣かなかった？」妹の方が小さい弟の手をとってやさしくきいていた。

将軍はまわりに避難した近所の人たちにひととおり如才のないあいさつの言葉をふりまいた。そして災害の中心部から初めてもどってきた彼から、みんなが市内の情況を熱心にききたがっているのをみると、まださめやらぬ興奮のまま、気さくな、高い調子でこう語りだした。

「何しろきょうは一日《ついたち》だろう。だからあの七階建の三越も人でいっぱいで、身動きもできぬくらいさ。

そこへつづけさまにあの大地震だ。並んでいる品物はいっせいに倒れる、崩れおちる、こわれる。女どもはいっせいに悲鳴をあげる、子どもたちはいっせいに泣きだす。しかもみんなが逃げ出そうとするが、どっちに出口があるか分かりゃしない。めいめい勝手にでたらめな方向へ駆け出すので、互いにぶっつかり合い、もみ合い、つきとばす仕末。何のことはない、てんやわんやで、わっわっとわき返るような騒ぎだった。自分らはちょうど二階の控室で、若い店員を相手に品物の値ぶみをしているところだったが、まず最初の地震で、天井裏のシャンデリアがいきなりけたたましい音をたてて落下してきおった。すると、広次が（小さい男の子）わっと泣きだして、どこへとも構わず夢中で逃げだそうとするので、しっかり押えていなくちゃならんし、あの大きな建物はぶきみな音をたてていつまでもみしみし揺れているし、あんまり良い気持ちじゃなかったね」

そして中将はにがにがしげに笑ってみせた。

「だが、自分らと応待していた店員は、二十五、六のなま白い、きれいな男だったが、じつにおちついていたね。みんなが気が違ったようにたち騒ぐのをみて、しずかに言ってるんだ、（皆さん、外へとび出さないで、ここにじっとしていらっしゃい。ここが一番安全なんです。ここがつぶれるようなら外だってダメですよ）そしてやつは平然として自分らと取引きをつづけようとしてるんだ。自分がもっと違った品をみたいと言ってた後だったもんで、（ちょっとお待ち下さい、あっちにあるかどうか見て参りますから）と言いおいて、大揺れにゆれる中を急いで部屋から出て行ったが、まもなく自分らのそばへもどってきて、（まことに申し訳ございませんが、何しろこのありさまで、品物がみんなひっくり返ってしまいまして、見わけがつきません。はなはだ勝手でございますが、明日にでも改めておいでをお願いしたいのでございますが……）とていねいにあやまるんだ。自分は戦場でずいぶん度胸のいい兵隊をみているが、あんなのはまったく珍しいよ。商人にしておくのはもったいないと思ったね」

中将はいつのまにか家族といっしょに毛布の上に腰をおろし、いかにも話ずきらしい調子で愉快そうにしゃべりつづけた。

「そんなわけで、自分らは三度の激震がすむまで三越の中にいたんだ。もうお出になってもいいでしょうと言われて、やっと外へ出たんだが、もう下足どころの騒ぎじゃない、家内もこのとおり店のカバーをつっかけたままさ。ところが、要領のいいやつがいるもんで、下足がとれないと分かったら、いきなり三階か四階へかけ上がって、陳列の下駄や草履をかっぱらってはいて行ったやつが相当あったんだ。これもまた良い度胸というもんだ」

彼は巻たばこの煙を吐きながら、愉快そうに笑って話しつづけた。

「三越を出ると、あっちにもこっちにも火事の煙が見える。もとより電車なぞ動きやしないし、自動車もひろえやしない。とにかく自分は家内と子どもをつれて、馬場先門までやってきた。恐れ多いことだが、宮城の中でも煙が上がっているのが見えた。警視庁にも火の手が上がっていたし、日比谷あたりの商店街もさかんに燃えていた。自分らは宮城前の広場をとおり、桜田門をぬけ、堀ばたぞいに夢中で三宅坂まで歩いた。そこでやっと自動車を一つつかまえたんだ。いくら高くたっていいからと言って、裏口の参宮道路まで乗ってきたんだが、運転手がまたとても感心なやつでね、規定どおり五円しかとろうとしないんだ。世間にはどさくさ紛れにうんとボロウというやつらが多いのに、たまにはこんな正直な人間もあるかと思ってつくづく感心した。それでチップに一円はずんでやったよ」

それから三十分もすぎた時分、練兵場つづきの青々とした段丘の上に溝口の姿があらわれた。もう五十前後、白い絹のワイシャツに白ズボンをはいただけで、帽子もかむらず、上着ももたず、ひたすらこっちを目ざして谷間へ駆けおりてくるが、ふとった上に下腹がまるまるとつき出ているので、いかにも苦しそうであった。

彼は細君と四人の子どもたちのかたまっている所までたどりつくと、「やれやれ」とばかり雑草の上に横になって、しばらくの間苦しい息づかいを休めていた。やがて半身を起こすと、ハンケチをとって顔から首のまわりをたらたらと流れる汗をふきふき、夫人にむかって笑いながら大声で言った。

「ぼくは二階の重役室で書類をみていたんだがね、ぐらぐらっときた時はびっくりしたよ。金庫もあけっ放し、実印もうっちゃり放しで、上着をとるまもなく、いきなり会社からとび出しちゃったい。みると、猫いらずの本店から火が出て、どんどん燃えてるし、あっちこっちで火の手があがっているんだ。こりゃいかんと思って、日本橋から代々木まで一目散に逃げてきたんだが、どうやら家もつぶれなかったし、お前たちの無事な顔も見られて、ほっとしたよ。もしかすると、会社は今ごろ火に包まれてるかも知れんね。でも、命あっての物だねだよ、ね」

つづいて、こんどはやせた小男の隅田が、青い丘の上にあらわれた。片手に青っぽい上着をかかえ、片手をやたらに振りながら、草原に避難した家族のところまで走りつくと、やっと決勝点までたどりついたマラソン選手のように、草の上へあおのけにぶっ倒れた。はァはァと苦しげに十五分ぐらい倒れていたが、やがて彼もやおら起き上がり、度のつよい金ぶちのメガネをぎらぎら光らせながら、池田将軍を相手にしゃべり出した。隅田の細君は将軍の長女だったのだ。

隅田の勤め先は、丸ノ内ビルジングの六階にあった。最初の激震がきたとき、彼は応接間で来客と会っていた。あっというまもなく、電燈が天井に打ちつけられて、こなごなになって飛びちった。いろいろな品物が四方から落ちかかった。隅田は無我夢中で、大テーブルの下へもぐりこんだ。ちょっと揺れがやんだのをみて、彼はテーブルの下からはいだし、何げなく窓から外をのぞいてみた。ついの前で建設中で、骨ぐみだけはいちおうできていた巨大な内外ビルジングが、もうもうたる黄煙に包まれて、その形さえ見えなかった。まるで大火災が起こったようにさえ見えた。

そのうち二震三震とつづいた。広大な丸ビルのあらゆる階層、あらゆる部屋でうごめいていた一万人前後の男女が、いっせいにこの建物からのがれでようとして、我さきにと廊下へとびだした。むろんエレベータは使いものにならなかった。仕方なしに人々は廊下から狭い階段へ殺倒した。そして六階から五階へ、五階から四階へ、さらに下の階段へと人々は急流のように流れ落ちて行った。その途中の長いこと、長いこと、まるで階段は無限につづいているように感じられた。そしてようやくビルの外へ出ると、息つくまもなく、広場を横ぎり、赤練瓦のがっちりした東京駅のまん前までかけて行って、やっと立ちどまった。そして初めて、自分がたった今いのちからがらぬけ出してきた丸ビルの巨大な高い建物を今さらのようにふり仰いだものだ。

その時彼は、「内外ビルがつぶれた！」という声を耳にした。彼がさっき丸ビルの窓からのぞいてみて、瞬間火事だと思ったのは、倒壊とともにもうもうと巻き上がった黄塵であって、内外ビルはすでにくずれ去っていたのだと分かった。

内外ビルの倒壊のさまを見ようとして、大勢の人々が丸ビルの横手をとおって、堀ばたぞいの電車路の方へ行った。隅田もその人たちといっしょに動いて行った。けさまで、いちおうの鉄筋の骨ぐみができ上がって堂々とそびえ立っていたビルジングが、前面の外郭だけを残して、ほとんど全体がくずれ去って、乱雑な一塊の山となって盛りあがっていた。さすがに隅田も茫然となってその前に立ちすくんだ。

「少なくも作業中のものが、五百人ぐらいはやられたぞ」だれかがかん高い声でそうしゃべっているのが彼の耳にはいってきた。

見ると、地下たびをはいた人間の片足が一つ、土砂の山の中からぬっとつき出ていた。舗道の上には、倒壊とともに放りだされた労働者の死体が、四つ、五つころがっていた。その中の一人だけが、辛うじて虫の息をしながら、きれぎれに呼んでいた。

「水を、水を！」

隅田は急に恐ろしくなって、堀ばたにそって夢中で駆けだした。一刻も早く郊外のわが家へ、家族の中へもどりつきたかったのだ……

「やれやれ、どうやらおれも命びろいをしたというもんだ」

こうした地獄のありさまを、周囲で熱心に耳をかたむけている憂慮の人たちにひととおり話した後で、隅田はいかにもほっとした顔つきで大きな吐息をした。と思うと、彼は急に眉をひそめ、細君の顔をふり返りざまこう言った。

「しまった！　こないだ買ったばかりの絹ばりのコウモリね、ぼくあいつを自分の部屋におき忘れてきたよ。ちくしょう、どいつか盗んで行きやがるだろうな」

七

進一の家の前にひろがる湿った草原は、避難してくる人たちでだんだんにぎやかになってきた。近所の人々はむろん、かなり離れた所からもやってきた。そしてあちこちにむしろや毛布をひろげたり、戸板や畳をもちだしたりして、それぞれの家族でかたまっていた。池田将軍家では応接間のいくつかの椅子を、テーブルといっしょに草の上にもち出していた。

その中で、将軍だけは、時に床几《しょうぎ》の上にかけて、ぐっとからだをそらしていた。麻の詰襟服をきてはいるが、両足をかるく組み合わせて、たえず東京の空を見はっている様子は、すでに一つの型にはまっていて、まさしく軍司令官らしい威容を保っていた。彼はまるで刻々に変化する戦況をききとるように、東京からもどってきたり、見舞いにかけつけた人たちを捕えて、詳しく災害のもようをたずね、とうとうと自分の判断をのべていた。近ごろ、退役になって代々木に隠栖してからというもの、いつも閑散に苦しめられ、写真の撮影なぞに辛うじて憂さを紛らせていた彼は、今やこうした思いがけない大事変に直面して、急に活気づいているように見えた。

それにしても、東京の真上に、むくむくと奇怪な、銀色の頭をもたげている巨大な雲の峰はいったいどうした現象だろうか。人々は東京の方角へ目をやるたびに、いやおうなくこのぶきみな入道雲を目に入れずにすますことができなかった。そしてそのたびに、何かしら不吉な、暗い、圧迫されるような感じをあたえられた。しかも、怪しい雲はいっこうに消え去ろうとせず、むしろ徐々に大きくふくれ上がって、まるで背のびするように、銀灰色にかがやく巨大な頭を中空へむかって高く、高くもたげていった。

妹の方が将軍にこう言っていた。

「おとうさん、ああいう雲、何ていうの？　見てるととても気味が悪いんだけど……」

「きっと地震雲なのよ。地震と関係があるにきまってるわ」姉のかつ子。

「わたしもそう思いますの」と彼らの近くにいた進一の妻が口をはさんだ。「何だか、あの雲の上に地震をおこす大悪魔が陣どっていて、采配をふってるみたいじゃありませんか」

「真夏に印度洋を航海していると、水平線の上によくあんな雲の峰をみますね」

溝口がそばで言った。彼は会社から派遣されて二回もヨーロッパへ往来しているのだった。

「むろん雲にゃ違いないが、ヒマラヤの山岳を見てるような感じですね。あのむくむくと層をなしているあたり、じっさいに攀《よ》じて登れそうじゃありませんか」

進一がそう言うと、池田将軍が例の床几によりかかったままで、

「ねえ君、あの雲はたしかに東京の火事の煙と関係があるね。見たまえ、東京の空は夕立雲につつまれたように、煙でいちめんに黒くなっているだろう。そしてあの入道雲の裾の方は、火事の煙と見さかいがつかなくなっている。あの雲の峰は、下から黒煙がまい上がり、まい上がりしてできたんじゃないかな」

「でも」と進一は雲にむかって考えながら答えた。「あの奇妙な雲は、火事がまだあんなにひろがらないうちに頭をもたげていたんですよ」

「ふむ、そうかね。何しろ、あの雲は類がないよ、壮観だよ。正直なところ、ぼくはさっきからカメ

ラをもち出したくって、むずむずしてるんだ。あの雲をとっておけば、大震災のりっぱな記念になると思ってね。だが、大勢が災害にであってひどい目にあっているんだろ、いかにも気がとがめて写真機がもち出せないじゃないか。とにかく大変なことになったもんだ。へたすると、下町なんか一面に焼け野原になるかも知れんて」

将軍は思わずふかいため息をして、今さらのようにくろぐろとした東京の空へ目をやった。

その後、激しい地震はこなかったが、地面にすわっていると、大地がたえまなく小刻みに震動をつづけているのが感じられた。初めは進一も、脅やかされて過敏になった神経のせいでそんな感じがするのではないかと思ってみたが、やがてだれもかれも、のべつ電気のようにピリピリとからだに伝わってくる震動を感じて、不安な気持ちでいることが分かった。近所で飼われている二、三匹の犬が、避難者の間をうろうろ歩き回っていたが、彼らの敏感さで早くもさらに恐ろしい出来事の到来を予感して、言いがたい不安を感じて、おちつきを失っているように見えた。犬どもは何かを警告するかのように、また相談をもちかけるように、いかにも憂慮にたえないという様子で人々の顔をじっとのぞきこんだ。

だれかがパンをかじっているのが見えた。どこかでカリカリッとかん詰を切る音がして、ぷうんと肉のにおいが流れてきた。

進一は急にはげしい空腹を感じた。考えてみれば、彼も家族も朝からほとんど何にもたべていなかった。こんな際に食事の支度なぞできはしない。そこで彼はいそいで参宮道にあるパン屋へ行ってみた。パン類はいっさい売りきれていた。菓子類だって同じだった。あわて気味で彼はかなり遠くまで菓子屋を捜し歩いたが、けっきょく一切れのパンも得られなかった。そのかわり小さな牛乳屋で、一合びんを五本わけてもらった。これは思いがけない成功だった。彼は帰ると、さっそく一本を康子に、一本をふゆ子にやった。あとの三本は夕方まで大切に残しておくつもりだった。ところが、康子が顔をあおむけ、びんをさかさにもってゴクン、ゴクンとノドを鳴らして牛乳をのんでいるさまを、同年輩の友だちが彼女をとりまいて、さもうらやましげにながめているのをみると、進一はたまらない気持ちになった。

「えっ、こんな時はお互いさまだ」

そうつぶやいて、彼は残しておいた三本の牛乳びんをもちだして、子どもたちに分けてやった。

こんな風では食糧の問題も心配になった。妻の話では、米はもう三日分とは残っていまいとのことだった。進一はまた大急ぎで出入りの米屋へとんで行った。米はすでに売りきれていた。外の人たちの手まわしの良いのにおどろくと同時に、自分たちのまぬけさが腹だたしくなった。しかも、米屋の店さきには、なお少なからぬ人が押しかけていて、白米とはいわず、餅米でも、玄米でも、あるほどのものを五合、一升と、拝むようにして分けてもらっていた。こんな際だ、玄米でもけっこうではないか。彼も米屋のおやじに必死にねだって、玄米を一斗だけ分けてもらった。米屋は後でとどけると言ったが、進一はそれを袋に入れてもらい、自分で背おって帰ってきた。玄米でも一斗あれば、これを食いつないでいるうちには、また何とか道が開けようというものだ。

もう一つやっかいなことが起こった。もはや現金でなければどんな品物も買えなくなったばかりでなく、物価がいっせいにはね上がった。さらに貯金もしばらくは引き出せそうもなかった。進一も財布をしらべてみたが、前日月ばらいをすましたあとだったので、わずかに三十円ぐらいしか残っていなかった。これでしばらくの間一家四人の生活をささえなければならないのだ。こうなっては、当分のうち、十銭の金もきざむようにして、ちびりちびり使わねばならぬというものだ！

八

太陽は平日と同じに徐々に西へかたむいていった。そしてみんなの心をいよいよ恐怖と混乱の中へおとし入れるような、刻々に伝えられてくる身ぶるいさせるような凶報と、言いがたい絶望感のうちに、この九月一日も暮れかかった。

練兵場つづきの青草の段丘と、神宮のひろがった森にかけて、赤味をおびた夕日があかるく、あざやかに、たっぷりと照りわたっていた。それがだんだんぼかされて地上がかげり始めると、中空までたかだかと延び上がったあの奇怪な、巨大な雲の峰が、落日の光をぱっといっぱいに浴びた。しかし、その美しいはなやかな光線も、いつとはなしに、うすれていった。そして、むくむくとはるかに高くもたげられた入道雲のてっぺんだけが、いつまでも紫がかった赤い夕やけで照りはえていた。地上がすでに夕やみにおおわれ、雲の峰までおおかた黒ずんできても、なおてっぺんの方だけはいつまでも夕ばえの名ごりで色づいていた。ところが、いったん陰ったとみえた雲の峰ぜんたいが、またもや赤っぽくなり始めた。さっきまで夕日の反映としか見えなかったのに、いつとなくそれは、大火災の空をこがす照り返しに場所をゆずったのだった。夜にはいるにしたがって、神宮の森の空は、いちめんに血のような、ものすごい赤さで染めだされた。

明るいうちはまだいくらか紛れることができた。夜になると、人々の不安と恐怖はいっそう深まった。大地は相変わらずぶきみに揺れとおしたし、いつまた大ゆれがやってこないものでもなかった。だれも自分の家へもどって行こうとしなかった。みんな屋外で夜を明かすより仕方がなかった。しかし現在彼らの雑居している草地は、妙にだだっぴろく、たよりない気がした。彼らはめいめい、自分の庭や、もっと近い空地をえらんで、そこに戸板や、寝具をもち運んで、野宿の準備をはじめた。

進一の家には芝生のある広い前庭があったので好都合だった。彼らはそこに椅子や、毛布や、寝台を運びだし、木立の間を利用して蚊帳までつった。ふゆ子は七輪その他の道具類をもちだして、芝草の上で夕飯の支度にかかった。子供たちはこの変わった野外の生活を、まるで祭りのように考えてはしゃぎ回っていた。代々木の駅近くに住んでいた若い作家の野口が見舞いにやってきた。この気の良い、子供ずきな大男はみんなに引きとめられて、そのまま彼らといっしょに一夜を明かすことになった。こんな時には一人でも多くの知合いといっしょにいることが、いくらかでも力づよく感じられるのであった。

池田の家でも庭で夜を明かす準備にかかったが、建物がとほうもなく大きいのに、庭がわりあいに狭いので、あんまり安全とはいえなかった。進一はそれに気がついたので、彼らにもこっちへ移ってくるように、桓根ごしによびかけた。

「じゃ、今夜はひとつ堀さんの庭でごやっかいになるかな」

そう言って、将軍はおおぜいの家族と共に進一の庭へ引越してきた。いくつかの椅子や、敷物や、ざぶとんなぞも運びこまれた。そのためにかなり広い庭も、ひどくごたごたして、せま苦しく感じられた。

二本のろうそくがともされ、ゆらゆらする赤黄色い小さい炎をめぐって、無数の小虫がとび狂った。そのほの暗いあかりの中で、彼らは握り飯を食った。コンビーフや牛肉のカンが切られ、みんなはフォークや箸をつかって、それを手のひらにうけてたべた。ピクニックのおもかげがなくも無かったが、それにしては気分があまりに暗澹としていた。

進一は池田夫人から渡された紅茶の茶椀を皿ごとうけとりながら、みんなの気分をひき立てようとするように、将軍にむかってこんな風に話しかけた。

「将軍は若い時分から野宮になれていらっしゃるから、野宿なんか平気でしょうね」

「そりゃ慣れてるさ」と池田中将はかおりのたかい巻たばこをゆったりふかしながら、「でも、女や子供をつれての野宿はこれが初めてだね、は、は」

「そりゃそうでしょう、まったく遊び事じゃありませんからね」

「でも、まだ夏のうちで良かったね。もしこれが真冬だったら、そして真夜中にあんな大地震があったとしたら、いったいどんな事になったかね？　第一野宿ができないし、火の気が多いから、火事がもっと多くなるだろうし……」

「だって、これ以上大きな火事にはなりっこないでしょうよ」進一は皮肉のつもりでもなくついこう言ってしまった。

「いや」中将は頑として頭をふった、「ぼくらはこんな郊外に住んでるおかげで火の心配なしにこうしていられるが、冬だったら郊外でもこうしちゃいられないさ」

「ああわたし、ローソクが心配よ」かつ子が母親にむかって言っていた。

「さっき、そこいらを歩き回って買い集めてきたの。でも、十何本きゃないのよ。あしたも電気がつかないとしたら、大変だわ」

しかし、実際のところ、今はローソクなんか、あっても無くっても同じだった。夜やみが地上におおいかぶさると同時に、練兵場にそって長々とつづく神宮の森の空が、いちめんに血に染められたようにまっ赤になった。いわば、太陽系の物理的秩序がふいに狂ってしまい、今しも時ならぬ太陽が地上の大火炎の中から昇ろうとしているかのようであった。その赤い明るい反映で郊外の夜はひるのように照らしだされた。進一の庭も同様で、物をとるにも、何をするにも、少しも不自由がなく、燈明を必要としなかった。彼らの顔も大火炎の照りかえしで、やはり血をあびたように赤かった。玄関のガラス戸も、書斎の窓ガラスも、赤い空をぎらぎら反映して、まるで燃えたつようにみえた。

夜空はふかく澄みきって、一片の雲もなく、いちめんに星がきらめいていた。そよとの風もなく、郊外の夜はしずかだった。夜気はひえびえして、さすがにすでに秋めいた感じがした。じっと耳をすますと、練兵場の彼方からワァッ、ワァッと群集のわめくような音がきこえ、ときどきはたかい爆発音がつづけざまにひびいてくる……

「何だろう、あのポンポン爆発するような音は？」

「丸ビルが焼けおちてるんだって」

「砲兵工廠がやけてるんだって言う人もあるね」

「だれがそんなこと言ったの？」

「さっきだれだか、門の前をとおりながらそんな話をして行ったよ」

「どうも大変な火だ。ずいぶん遠いはずだが、じっと見てると顔が熱くなりそうだ」

「赤い空はいよいよ赤くなるばかりだ。すごい勢いでどんどん燃えひろがってるんだなァ」

「この状態じゃ、東京はいちめんの火の海にちがいない。少なくも、京橋、日本橋、神田、それに本所、深川辺は丸やけだろうよ」

「ほうら、またポンポン爆発の音がしてる……」

「何やら遠くで、ワァーッ、ワァーッとわめくような声もするわね。焼け死ぬ人たちの悲鳴じゃないかしら?」

「まさか」

ふっと進一は池田将軍にこうきいてみた。

「将軍はこれまでずいぶんいろいろな戦争に出ていられるから、これくらいな大火はいく度も見られたでしょう?」

「さァね」と彼は赤い空を見あげて、ちょっと考えていたが、「遼陽の焼けた時がいくらかこんな風だったかな。いや、やっぱしこれほど大きくはなかった。妙なもので、戦争の時なぞ、町を焼き払うといろいろ骨折っても、なかなか思うように火にならなくってねえ……」

「そうかも知れませんね」

「考えてみると」と将軍はつづけた。「ぼくは北清事変、日露戦争、みんな出征したし、こないだの世界大戦にも、観戦武官としてロシア軍と共にヨーロッパの戦場に臨んだ。だから、ずいぶんいろいろな場面を見てきたわけだが、こんなものすごい大火にはお目にかからなかったように思う。そうだ、こんな大火を見るのはぼくもこれが初めてだよ」

「そうですかね、だとすると、ぼくらはいま考えてる以上の大変な出来事に遭遇してるのかも知れませんね」

そう言って進一も今さらのように、神宮の森をくろぐろと浮き出させている、血のような真っ赤な空に瞳をこらした。

「どうれ、そこらをひと回りして、少し様子を見てくるか」

そう言うと、将軍はいかにもこのまま座視するに忍びぬという風で、立ち上がって早足で門からうす赤いやみの中へ出て行った、そしてなかなかもどってこなかった。

つづいて義正も、いつのまにか大学の制服に着かえて、近所の友だちといっしょに出かけて行った。みんな災害の中の東京を自分の目で確かめたかったのだ。

進一の庭に大勢がかたまっているのを見て、つぎつぎ人が立ち寄った。門の前をとおりすがって、ふらりと寄って行く知らない人さえあった。彼らはいろいろ恐ろしい風評を残して行った。つい一町ほど離れて住んでいた大沢は、四十あまり、熱心なクリスチャンでいつも物しずかで、ほとんど取り乱すということがなかった。その彼が、いつになくおちつかない、そわそわした様子で、進一の所へやってきた。彼は日本銀行へ勤めていたが、地震が大きいと知ると何よりも留守宅を案じて、まっしぐらに家へもどってきた。彼には中学五年生のひとり息子があった。留守宅では地震のあと、細君が夫の身の上を案じてその息子を日本銀行へむかえにやった。だから大沢は家へもどったが、あべこべに息子が災害の中心地へやらされて家にいなかった。そして未だにもどってこないという。

「息子が今ごろ父親をさがして、恐ろしい火の中をあっちこっち逃げ歩いているかと思うと、どうにもやりきれなくて……」

そして大沢は神に祈るような、すがりつくような目つきで、燃えさかる東京の空を見やった。やせたからだが小刻みにふるえているのが夜目にも見わけられた。

一時間あまりして、池田義正がもどってきた。彼と友だちはひろい練兵場を横ぎって、渋谷の駅前へでた。さらに青山をとおり、赤坂見附の方へ行こうとしたが、下町方面から火に追われてなだれてくる避難者の大群に押し返されて、もう一歩も進むことができなくなって、もどってきたというのだ。

「ぼくたちはここにいて、地震のことばかり心配してびくびくしてるんだけど、市内じゃもう地震なんか問題じゃないんだ。火なんだ、恐ろしいのは火なんだよ。火が何もかもなめつくそうとしてるんだ」義正は興奮してどなるような口調でそう言っていた。

夜がかなり更けてきたころ、将軍がようやくもどってきた。彼は災害の中心地まで行ってみるつもりで出かけたのだった。彼もやはり渋谷へでて、そこでどうやら一台の自動車を契約した。そして避難者の群れをむりやりに押しわけて、三宅坂まで行ったが、それから先へはもう行こうにも行けなかった。行く手はただ一面のはてしない火の海だった。そして彼のもち帰ったニュースは、浅草の十二階が倒壊したこと、そして息子の在学している帝国大学と、妹娘の在学しているお茶ノ水女学校が焼けたらしいということだった。

「そいつァ困った」と義正はがっかりして頭をかきながら、「じゃ、あの図書館もやけちゃったかな。せめてあれだけ残ってくれるといいんだが……」

妹娘も叫びだした。「あら、どうしよう！　あたし、さっきまで、学校が焼けたら休みになるからいいと思ってたのよ。でも、本当に焼けちゃっては困るわ。だって、あたしの学校なくなるんだもの」

「大学がやけたんなら、本郷もやけたんですね」

進一も本郷に住む兄の一家のことを思って、いかにも心配そうにつぶやいた。

九

進一もさすがに自分の庭にすわって、東京の空をながめてばかりいるのがじれったくなってきた。彼は若い作家の野口をさそい、さらに義正もさそって練兵場の方へ出かけた。

道ばたの草にはしっとりと露がおりていた。そして夜がふけるとともに、晴れきった星空がいよいよ冴えて見えた。地上の災害にたいして完全に無関心としかみえないこのきれいな夜空が、かえって奇異な、ぶきみなものに感じられた。

「どうしてこんなに晴れてるのかなア。ふつう、ちょっとした火事でもじき雨がやってくるのにな」

と進一が不安そうにつぶやいた。

「大地震の後にはよくこんな空があるんだって、どこかの年寄りが言ってましたよ」と野口が言った。

まっ赤な空の明るい照り返しのせいで、夜道もはっきり見わけられた。それでもいくどか路傍の石垣からくずれおちた石ころにつまずいたり、土地の割れ目に足をさらわれたりした。道ばたにはいたるところ、雨戸を横たえるか、むしろを敷くかした上に夜具をのべて、横になっている男女が多かった。その黒っぽい、ごたごたした群れを、提灯や、裸ローソクのほの暗い明かりがぼんやりと照らしだしていた。人が通るたびに、彼らはそっと頭をもたげ、何か物問いたげな様子で、通行人を見おくるのであった。

練兵場へ出るのに十分とかからなかった。うす赤い夜やみをとおして注意ぶかく見まわすと、そこらの木立のかげや、楢林のへりなぞに、幾たりかの避難者が音もなく横たわっているのが、白いシャツや、明滅する巻たばこの火なぞによってぼんやり見分けられた。

ひろびろとした練兵場には夏草がいっぱい茂りに茂って、歩くたびに猫じゃらしの穂さきが軽く指先をくすぐった。虫がしきりに鳴いていた。ふかい露のためにズボンの裾がぬれた。夜気はうすいワイシャツをとおして、ひえびえと膚にしみとおった。

草原のまん中までくると、天をこがすまっかな夜空の中に、うずまきのぼるいくつかの真紅の大火炎が、散乱する大きな火の粉と共にあざやかに浮き上がって見えた。彼らはじっさいに自分らの顔にほてりが感じられるように思った。幾十万の群集がはるか遠方からワァーッ、ワァーッとわめきたてるような、低い、力づよい、しかもはっきりしないどよめきが、たえずものすごい爆発音を伴って、わりあいに近くひびいてきた。とはいえ、まっ赤な夜空と、冴えきった星空の下に、代々木の原はあくまで静かだった。神秘的なまでの、ぶきみな静寂。

「おや、変だぞ」

池田がそう叫んで、立ちどまって南方の空を指さしてみせた。みると、そこでも大きな火炎の反映が空を赤く染めていた。かなり遠方らしく、火影はいくらかぼんやりとして見える。しかし暗い地平線にあんなに幅ひろく火のひろがっているところをみると、ずいぶん大きな町が焼けているに違いない……

「どこだろう?」

「大森か、川崎のあたりか」

「いや、もっと大きな町だ。もしかしたら、横浜かな?」

「そうかも知れん。してみると、被害地域は想像以上にひろいようだ。こりゃ、たいへんな事になるぞ」

彼らはまた急に恐ろしくなった。そしてひと気のない、原っぱの上にしばらくはぼんやり立ちつくした。

「おや、あれは何だろう?」

こんど空を仰いでそう言いだしたのは進一だった、うずまきのぼる大火炎が、高くなるほど赤味がだんだんうすれ、澄んだ星空の下で消えぎえになるあたりに何か異様に光るものが目にとまったのだ。

「あっ、月だ。月ですよ」と野口が叫んだ。

なるほど、少しばかり欠けた月が、燃えさかる火炎の中から吐きだされた玉のようにしずかにあらわれて、地上に淡い光をなげかけた。

「何だい、こんな時に月でもあるまい! まるで亡者の火の魂みたいじゃありませんか」

野口はなおいまいましげにそう言って、手にしていた棒きれで足もとの草をぱっ、ぱっとなぎ倒した。

原っぱにいつまでぼんやり立っていても仕方がなかった。彼らは引き返しはじめた。しかし数歩あるいては、またもや立ちどまって、空をおおってまい上がる大火炎をながめやった、そして現在あそこで行なわれている焦熱地獄のありさまを想像して、思わず目を垂れてため息をもらした……

寺内元師邸の地ざかいの石垣土手にそった村路で、彼らは一人の在郷軍人が弓張り提灯をさげ、急ぎ足でせかせかとやってくるのに出あった。在郷軍人は彼らをみると、いかにも自分は一大事を報道する重大任務をおわされてこのとおり歩き回っているのだと言わぬばかりの、妙に重々しい、きびしい調子でいきなり話しかけた。

「皆さんにご注意します。東京の監獄はみんな囚人を逃がしたそうであります。巣鴨の監獄では、囚人が塀をこわして、どんどん逃亡してるそうであります。強窃盗の凶悪犯人がきっとこの辺の郊外へ立ちまわることと思われますから、みんなにつたえて、厳重に警戒してください」

むろん在郷軍人の態度は大まじめだった。しかし彼が路上で出あったほどの市民たちをだれかれの区別なく、片っぱしからひきとめて、天下の一大事にかんする重大ニュースを口ずから流し伝え、その上警告を発することのできる自分の役まわりに、無限の喜びと満足を感じていることがあきらかに見てとれた。そういう彼には聞き手がひどく脅やかされ、うろたえ、すっかり途方にくれるさまを見るのが何より好ましいわけなので、報道内容は相手ごとに誇張されたものになっていくが、相手がいよいよ青くなるのをみては、自分はあくまで真実を流しているように思いこんでしまうのだ。そしてこんな大事変の際には、きまってあやしげな流言をむさぼり、流言に夢中になり、流言をひろめるのに無限のたのしみを味わうような奇妙な人間どもが、いかにもわが時をえたというようにうようよと立ちあらわれるものだ。

弓張り提灯をさげ、せかせかした足どりで遠ざかってゆく在郷軍人の暗いうしろ姿を見おくりながら、進一はおぼろげながらそこに流言伝達者のおもかげを見たと思った。しかし今の言葉をきかされた彼の顔はさっと青ざめていた。それはいかにもありそうな事で、監獄が猛火に包まれ囚人一同が焼死しそうになれば、前もって全囚人を釈放するのが人道上当然の処置だとも思われたからだ。だとすれば、やはりみんなと相談して、何とか自衛の措置を講じなければならない。それにはどうしたものだろうか。

一〇

進一らが急いでもどってみると、将軍はひじかけのある籐椅子にもたれ、半白の坊主頭をかしげてうつらうつらしていた。義正が父をおこして、監獄が全囚人を釈放したといううわさをつたえた。

「へえ」将軍はいっぺんに睡気がふきとんだという顔つきで、「へえ、監獄がね。巣鴨の監獄には死刑囚のような凶悪犯人がたくさんいたんだから、あいつらがみんな出たとしたら、虎を野に放ったとおんなじだ。野に放つのならまだいいが、罹災者のまん中へ放されちゃたまらんね。あんな奴らを助ける必要はない。焼け死ぬならそれで構わんじゃないか」

「でも、どんどん逃げだしてるっていうんですからね」

「そうか、とにかくゆだんのならぬ話だ。そいつらはまず郊外にあらわれて悪事をはたらくだろう。困ったことには、郊外の警察力ときたらお話にならぬほど手うすなんだ……」

「恐ろしいわ」　かつ子がローソクの火あかりの下でひどくおびえた顔をして言った、「その人たち、どうせ金も着物もないんでしょう。追いはぎだって何だってやるわね」

「そうね、それにうちには若い娘たちが二人もいるんだし……」

いつもおちつきを失わない、でっぷりふとった将軍夫人も、そう言って赤い光の中で二人の娘の上に不安そうな暗い目を走らせた。

「じゃいっそ、こんな所にいないで、みんなうちへはいって戸をしめてしまったら？」

ふゆ子も不安でたまらないと言うようにしたたか眉根をよせて、夫人にそう言ってから進一の顔をみた。

「そうだなア」と進一は思案しつつ、「でも家にはいっても、戸をしめてしまうわけにもいくまいよ。いつまたどんな大ゆれがやってこないものでもないから……」

「それもそうね……」　彼女はがっかりしたように目をふせた。

「やっぱし」と将軍はついにきっぱりと言った、「どうせ今夜はみんな寝られないんだ。だから、みんなばらばらになるより、こうしてみんな一ヵ所にかたまっている方が、おたがい心づよくもあるし、安心でもある。そうだろ。しかしこんなどさくさを狙って悪いやつらがでてこないとも言えない。だから近所の人たちみんなにもこの話をつたえて、男はみんな、木刀でも、バットでも、何ならピストルでもたずさえて、夜じゅうまわりを巡回して、警衛に当たることにしたらどうかね？」

みんなこの考えに賛成した。義正はさっそく家へとびこんで行って木刀をもち出してきたし、進一は太いステッキを探しだしてきた。野口は隅田から投げ槍を借りだしてきた。こうしておのずと一種の自衛団ができ上がった。

将軍は巻たばこをすぱすぱやりながら、一心に考えこんでいたが、やがて進一の顔に目を移して何やら意味ありげに言いだした。

「じつは、われわれにとっては、脱獄囚なんかよりもっと心配なことがあるんだがね。堀さんには分かるかね?」

「何でしょうか、ぼくにはちょっと見当がつきませんが……」

「君たちも知ってるだろうが、近ごろは日本にも社会主義者とか、無政府主義者とかいうものがだんだんのさばってきた。まだたいした数でもあるまいが、何せい、あいつらときたら、無知な民衆を扇動することに妙を得ている。だから、こんなさわぎにつけこんで、あいつらが暴動でも起こしやしないかと、心配にならぬこともないのさ」

「まさか」進一はたしかな理由もなしにただ一種の正義感から反対した、「ぼくはああいう連中とつきあいもないし、よくも知りませんがね、でも彼らも彼ら流に民衆を幸福にしようとしてやっているんでしょうから、民衆が不幸な災害でひどい目にあっているときに、むちゃな暴動をくわだてるなんて、ぼくにはとても考えられないんですが……」

「いや、そういうもんじゃない。堀さんはまだあいつらのやり口を知らないんだ。例の、ほら、ボリシェビーキが革命をやったときさ、ぼくは大使館付きの武官でペテログラードにいたから、何もかも見て知ってるんだ。きゃつらはこういうチャンスをじつに上手に利用するんだ。秩序はすっかり乱ており、人心は極端に動揺している、生活はあすがどうなるか分かりゃしない。民衆を扇動したり、蜂起したりするにはもってこいの時機なんだ」

「そういうもんですかね……」進一はあいまいな返事をしたが、こんな話をきくと、やはりいよいよ内心の不安の増大するのが分かった。

「おそらく政府当局では、これくらいのことは大丈夫気がついていることと思う。災害がもっと拡大して、人心がいよいよ動揺するとなったら、むろん戒厳令を下すなり何なり、適応の措置がとられるに違いない。今さら現職を離れたぼくなぞが、かげでやきもきする必要はないわけだが、やっぱしいろいろ心配になってね……」

そういう将軍は今さらのように、すでに退役になった自分の無為な状態に、押えがたい憂悶の情を感じているようにみえた。

夜はひえびえとふけ渡った。欠けた月は中空に冴えかえり、大火炎はいよいよ燃えひろがって、地平線を端から端まで焼きつくそうとしているかに見えた。みんな眠らなかった。しいて眠ろうともしなかった。次女だけはふゆ子の胸に抱かれて眠っていたが、蚊帳の中でベッドの上に寝かされた康子は相変わらず目をあけていた。彼女はやがてベッドからおりると、蚊帳をくぐって、親たちのそばへきて芝草の上にすわった。

「どうして眠らないの?」ふゆ子がきいた。

「いつもカヤの向こうにまっ赤な火が見えるんだもの。こわくて寝られないのよ」

これをきいて、やはり芝の上にべったりすわったまま、眠そうな目をしばたたいていた将軍の末娘もこう言った。

「あたしもさっきから寝ようと思うんだけど、のべつ地面がゆれてるでしょう、気味がわるくってちっとも眠れないの」

しかしそれも深夜の二時までであった。しばらく話し声がとぎれたと思うと、将軍は籐椅子によりかかったまま、首を垂れてこっくりこっくりやっていた。夫人もふとった膝に毛布をかけて行儀よく夫の足もとにすわって音もなく眠っていた。二人の令嬢もぬれた芝生の上に顔をうつぶせてぐっすり眠りにおちていた。ふゆ子は康子をかかえるようにしていっしょに船をこいでいた。野口と義正は木刀も投げ槍も放りだしたまま、そこらに大の字になって高いびきをたてていた。

今では起きているのは進一ひとりだった。いやでもおうでも彼が寝ず番をやらないわけにいかなかった。彼は危うく消えそうになるローソクをとりかえたり、木刀をもってしずかに周辺を見まわったりした。さいわい怪しいものは現われなかったが、真っ赤な夜空はますます赤くなるばかりで、爆発音と一種のどよめきの音は静寂の深夜をとおしておやみなく響いてきた……

　夜の明けるのが心から待たれた。

　そろそろあたりが明るくなり始めた。

　やがて真っ赤な空の反映と朝焼けの光がいっしょになり、そのうち大火炎の中から大きなものすごい、血のしたたるような真紅の太陽が昇ると、朝焼けも火事の反映もいつとなく消えうせた。そして神宮の森の上は、ただ一面にまっくろな黒煙でもうもうとおおわれた。きのうの奇怪な、巨大な雲の峰はもう姿を消していた。すでに果たすべき使命をみごとに果たし終えたかのように。

　みんなつぎつぎに目をさました。そして芝生の上にぼんやりすわりなおし、いかにも眠り不足な、青ざめた顔をして、まず東の空へ目をやった。そして恐ろしかったきのうに引きつづいて震災の第二日が始まりつつあることを知った。

「どうだろう、きょうもやっぱし外で暮らさなきゃならないだろうか」

　みなは互いにこう尋ね合った。大地は相変わらず、小刻みにたえず震動していて地震の完全に終わっていないことを示していた。

「さァ、もう家にはいってもたいてい大丈夫だろうと思うがね」

　将軍ひとりはそう言って、家族をひきつれて、隣の大きな邸宅へはいって行った。草地で夜をあかした近所の人たちもぽつぽつ引きあげはじめた。

進一もいちおう家へもどることにした。しかし茶の間も、台所もいっさいの品物がいっぱいに転落している上に、壁土がいたるところではげおちて、ちょっと足のふみ場もないようなありさまだった。何よりもまず品物をとり片づけ、家じゅうをいっせいに大掃除しなければならなかった。

近所でも、あちこちではたはたとハタキを掛けたり、ホウキでごみを掃きだす音なぞにぎやかにきこえてきた。

ぞうきんで縁側をふいていた進一が何げなく頭をあげると、異様な風体の男女が十数人、練兵場のはじを横ぎって、谷間の街道へおりて行くのが目にうつった。小さいふろしき包みや赤ん坊を背おったのもあるが、大部分は手ぶらで、破れたユカタだけのものもあり、シャツと股引きだけのものもある。いずれも疲れきった、ふらふらした足どりで、もくもくと谷へおりて行くが、東京で焼けだされてきた不幸な人たちであることはひと目で分かった。

「ごらん、ふゆ子」と彼は妻に言った、「火の中から命からがら逃げてきた人たちだ」

「まァ」　彼女はぞうきんを手にしたまま、しばらくは痛ましげにじっと見おくっていたが、やがてぽつりとつぶやいた。

「あの人たち、あれで行く先のアテがあるのかしら?」

「どうだかね。あの人たちはまだほんのはしりだ。あんな風にやけだされた人が、東京だけでもきのう一日に何百万人あるか知れやしない。近くの甲州街道筋へ行ってみると、きっとああいう避難者の群れがぞろぞろ列をなして続いているだろうよ」

一一

口から口をつたって、つぎつぎ恐ろしいニュースが流れてきた。むろんその頃ラジオはまだなかったし、当局の公式な発表もなかったので、後からみると流言に近いでたらめなもの、(たとえば囚人釈放のような)極端に誇張されたものなぞ少なくなかったが、東京一帯が凄惨な焦熱地獄と化していることは疑う余地がなかった。隅田川の橋がいくつか焼けおちて、水面は水死体でおおわれているそうだ、本所の被服廠跡で避難した一万か二万の人間が火のつむじ風にまかれていっせいに焼け死んだそうだ、吉原の遊郭も火につつまれて、あそこの弁天池にのがれた娼妓を初め数千人が水と火に責められて死んだそうだ。交通連絡がとだえて詳しくは分からないが、横浜、鎌倉方面の地震は東京よりも大きく、被害状況も東京よりずっとひどいそうだ、房州方面の被害もたいへんだそうだ……

いったんめいめいの家に引きあげた人たちも、いちおう家を片づけると、またもや前日と同じ草地に集まって互いに耳に入れてきたニュースを交換し合った。午後一時半ごろになると、進一のそばへ池田将軍が近づいてきて、何やら意味ありげに彼を人けの少ない方へさそって行きながら、思わず声を低めてこんなことを告げた。

「ぼくはいま、練兵場の近くで妙なことを耳に入れたんだがね、何でも朝鮮のやつらがいたる所で放火しているというんだ……」

「へえ、本当でしょうか」進一はわが耳を疑いながらそう問いかえした。

「たったゆうべもぼくはロシアのことなぞ話して、いろいろ心配してたでしょう。遺憾ながらぼくの予言が的中したよ。じっさい不逞の徒があばれ出すには絶好の情況なんだ。殊に朝鮮人は国をうばわれて、かねがね日本にふかい恨みを抱いているんだ。そのために伊藤公も殺されたし、数年前にも万歳事件なんて言って、国じゅうでいっせいに蜂起したことだってあるんだからね」

まもなく、大学の制服姿の義正があたふたとやってきた。

「ぼくはいま新宿まで焼跡を見に行ったんですがね、鮮人がいたるところで放火してるってんで大騒ぎしていましたよ。ぼくもみんなが鮮人を二人まで追っかけているとこを見てきたんです」

「ほんとに放火なんかしてるんですか」進一はまたどうしても信じられないという顔つきできいた。

「何でも一人は学生服をきてたそうですが、焼け残った裏町の路次の中に石油カンをおいて、マッチをすっているところを見つけたんだそうだし、もう一人は爆弾らしいものをもって……」

「そうか。現場を見つけたのか。じゃ確かにやってるんだな」中将はそう言っていく度もうなずいてみせた。

「何でもきゃつらは組をつくって、石油カンいっぱいに積んだトラックで乗り回っているんだって、そして火事がどんどん延焼するように、要所要所に石油カンを置いて歩くんだって……」義正といっしょに行った若い学生もひどく興奮した顔つきでそう言いそえた。

前額のひろくはげ上がった、太っ腹の溝口重役が、葉巻をくゆらせて良いかおりをふりまきながら将軍のそばへ寄ってきて不安そうにきいた。

「朝鮮人が一揆を起こしたってみんな騒いでますが、将軍、本当でしょうかね」

「ええ、今も話してたんですがね、ぼくはゆうべからこういう場合を予想して心配してたんです。どうやら事実のようです。それに自分の考えるところでは、日本の社会主義者や無政府主義者もかげできっと朝鮮人を扇動してますよ」

「なるほどね。そうかも知れません。新宿では鮮人の土方が女の子を強姦したうえで、しめ殺して、死体を火の中へ投げこむのを見てきたなんて人もあるんですがね……」

「恐ろしいことをやるもんだ。そんなやつは見つけしだい殺しちゃえばいいんだ」

義正は激高のあまり、手にした棒で地面をこんこんたたきつけた。

そこへ小男の隅田が駆けてきて、半ば苦しげにあえぎながらこう報告した。

「朝鮮人なら、見つけしだい、女でも何でも殺してしまえって政府の布令がでたそうですよ」

「いよいよそうきたか！」将軍はわが意を得たというように大きくうなずいて言った。「情況としてはやむを得ぬ措置だと思うね。つづいて戒厳令という段どりだろう。それも早い方がいいのだ」

このとき土手下の草原に立っていた進一は、何げなく目をあげて、自分の家の入り口の前を村路にそって二十歳前後の若者が急ぎ足で歩いてゆくのに目をとめた。彼は霜ふりの学生服に、黒いズボンをはき、片手に何やら重そうな新聞の包みをぶらさげていた。照りつける暑い日ざしの中を、さも重大な用事をになっているらしく、汗だらけになり、わき目もふらず、緊張しきった様子で寺内伯爵邸の石垣土手について歩いてゆく……

「どうも朝鮮人らしい」進一は思わずそうつぶやいた。

「そうだ。朝鮮人だな、たしかに」

隅田も度の強いメガネをぎらりと光らせて言った。義正がそれにつづいて、

「何だろう、あの手にさげているのは？　石油かな？　爆弾かな？」

「ひっ捕えて調べてやろうか」

将軍がそう言った。じっさい彼はそうやりかねない権まくだった。しかしまわりのものがためらっていた。その間に学生は石垣にそってずんずん遠ざかってしまった。

あとになっても、進一はこの時の情況をよく思いだして、自己反省したものであった。あの学生がじっさいに朝鮮人であったかどうか、もとより確かな証拠はない。おそらくすでに流言におびやかされた進一その他の人びとの神経には、朝鮮人の一種のまぼろしが形づくられていて、それがあの若者にかぶさって見えたものであろう。よしや、彼がじっさいに朝鮮人であったとしても何のふしぎがあ

ろうか。では何の故に、彼はあんなに緊張して、わき目もふらず、重そうな手荷物をぶらさげて、まるで追われて逃げるようにすたすたと歩いて行ったのか。考えてもみるがよい、恐ろしい流言によって人々の中に朝鮮人にたいする激しい敵意と憎悪がかきたてられている中を、いわば無慈悲な、残酷な敵地の中を、彼は歩いていたのだ。もしだれかが一言でも彼をとがめたら、彼はその場で飛び上がるか、卒倒するかしたぐらい緊張していたにちがいない。その時でも進一はこれぐらいのことは内心ではほぼ分かっていたのだ。しかも朝鮮人の暴動なるものがまったく根のない流言にすぎなかったことが明らかになってからでも、進一はあのとき学生の重そうにぶらさげていたものが、あるいは石油か爆弾ではなかったろうか、とふっとそんな気のすることがあった。あのように混乱しきった大事変の中では、いかに善意の人たちでもわずかな流言の毒におかされると、一種の錯乱した精神状態におちいるものに違いない……

このあとで、進一はまわりの形勢を見まわるために、つぶされた家々のある方へひとりで出かけた。二人以上寄って話し合っているところでは、激しくいきり立った語調で、朝鮮、鮮人、ヨボなぞという言葉が八方へとんでいた。みると、多くの男たちは棒っきれ、バット、中には鉄棒なぞを手にして、憎悪にもえる、けわしい、疑いぶかい目つきで、往来する人間を見はっていた。いたるところに不隠な、はりきった、殺気だった空気があった。二十分前にはそれらしい兆候もなかったのに、いつのまにこんな風に変わってしまったのか。流言の惑乱しきった人心にあたえる影響は、キハツ油の上に火花がおちるのに似ている。毒をふくんだ恐るべき流言が、人びとの間を疾風のように吹きぬけるや否や、憎悪と復讐の狂乱の炎がいっせい燃え上がったのだ。

「あいつは鮮人にちがいない。追っかけろっ！」

坂道にかかると、細くはあるが鉄棒をもった職人ていの角刈り頭の男が、うしろから進一を追いぬいて、駆け上がって行った。若者が何人かばたばたと彼につづいた。坂を上りきって、裏参宮路にかかるところで、白い洋服を着てムギワラ帽子をかぶった中年男がたちまち彼らにとり囲まれた。見たところ会社員らしく、額がはげ上がって、目玉のぎょろっとした浅ぐろい顔がやや特異に見えたが、進一の目にはどうしても朝鮮人とはうけとれなかった。

「いや、違う。ぼくは断じて日本人だ。青森生まれの日本人だ。朝鮮人だなんて、バカにしないでくれ」

相手は憤慨してそう抗議したが、言葉にはたしかに東北のなまりがあった。

「いや、きさまは鮮人にまちがいない。おれの目に狂いはないぞ」鉄棒の先で職人は彼の胸のあたりをこづきながら、おどしつけるようにどなった。

「よし、じゃとにかく交番までいっしょに行こうじゃないか。警察に調べてもらえばすぐ分かることだ」

捕われた男はとっさにそう言った。

「よかろう。じゃ交番までついてこい」

職人は相手の腕をむずとつかんで、交番の方向へひき立てた。ヤジ馬たちがぞろぞろそのあとにつづいた。

進一が裏参宮路をつたって、京王電車の線路まじかまで行くと、また竹刀や棒切れをもった連中が、殺気だって騒いでいるのにでっくわした。つかまったのは朝鮮人の学生らしく、人垣の間から黒い制服と金ボタンがちらと見えたが、顔は見えなかった。

「ぼくは学生です。ワセダ大学生です。どうかこの本とノートを見てください。いま友だちの家からもどるところで、何にも悪いことしていません」

発音にはあきらかに朝鮮なまりがあったが、立派な日本語で学生は心死に弁明をつづけた。しかしまわりから起こる荒々しい怒罵で彼の言葉はかき消されがちだった。

「学生がいちばんあぶないんだぞ」人垣の中から叫びたてるものがあった。

「朝鮮にまちがいねえだから、さっさとやっちまえ」

「あっ、みろ、マッチだ。こいつポケットにマッチを隠していたぞ。ちくしょう、放火するつもりなんだな」

「ちがいます、ちがいます。巻タバコのむのにマッチがいります……」

「うそつけ。今になってごまかそうたってダメだぞ。この、ふてえ野郎……よくも……」

何人かでぽかぽかなぐる音がした。犠牲者は悲鳴にちかい声をあげて、人々に助けを求めた。

「どうしてみんなでぼくをいじめるのですか。ぼく、何にも悪いことしません。いつでも朝鮮に帰ります。両親も兄弟もあります。どうか助けて……」

言いかけて彼は急にだまった。猛烈な打撃が彼の口をきけなくしたらしかった。たまりかねた進一は群衆の背後から精いっぱい大きな声で叫んだ。

「早く交番へ渡してしまえ。処置はケイサツにまかせろ」

そういう彼は狂乱した群衆よりは、まだしも警察の方に合理的な処置ができるはずだと考えたのだ。

「そうだ、交番へ渡せ」群れの中から別の声が応じた。いわゆる鮮人狩りも、始まりの明るいうちは、とりわけ割合おだやかな郊外地では、捕えた朝鮮人をいちおう警察の手に渡したものだった。やがて日がくれかかるとともにそれは凶猛なリンチに変わったけれど……

今も犠牲者が群れにとり囲まれて、近くの交番へ引き立てられて行くのを見おくりながら、ユカタがけの中年の主婦が、細い目をつりあげ、ヒステリックな調子でひとりでこうしゃべっていた。

「あいつら、つけ火をしたり、女どもを殺したりしたって言うじゃないか。どうして鮮人を今さら交番なんかへつれて行くんだろ。みんなでさっさとやっちまえば良いのにさ」

一二

こうした有様を見て、進一はかねてから親しくしている苦学生の蔡君をはじめ、近所に住んでいる若い朝鮮人たちを思い出して、その身の上が心配になった。一部の朝鮮人が何ものかの悪い扇動によって暴動じみた行動にでたことが事実であったとしても、自分の知合いの朝鮮の学生たちにそんな暴挙に加担するものがあろうとは彼にはとても考えられなかった。じっさい彼の知合った若い朝鮮人たちは、いずれもまじめな、感情のふかい、善意の人たちで、その点例外なく彼らに信頼の情をよせていた。したがって、この人たちは近所の人たちからも親しまれていたし、きのうはまたつぶされた屋根の下敷きになった母子を救いだして、みんなから感謝されたばかりだ。だからもし流言によって彼らの上にも何か危害が及びそうになったら、まちがいなく周辺の日本人みんなで彼らを守りたすけるに違いないと思われた。

しかし進一にはやはり気がかりだった。そこで彼はきのうも通った、いたるところひび割れた、石ころの多い、でこぼこの谷間の道をつたって、鄭たちの方へ出かけた。ところが、きのうと同じユカタをきた鄭が、太いステッキをもち、学生服に角帽をかぶった李とつれだってやってくるのにであった。二人は進一の姿を見ると、やや離れているうちからにこにこして、ていねいにあいさつした。

「君たちどこへ行くんですか」

進一は彼らの行く手に立ちふさがるようにしてそうきいた。

「ぼくは東京へ行きます。本所に友だちが何人もいますから、心配です。鄭さんは買物があって、ちょっと八百屋まで……」と李が説明した。

「いや、今はやめなさい。二人とも宿へ帰って静かにしていなさい」

「どうしてですか」と李が問いかえした。

「だれがそんなこと言いだしたか知らないんですが、この震災につけこんで朝鮮人が方々でつけ火をするってんで、みんな大騒ぎしてるんですよ。だからそんな連中につかまると、とんでもない目にあわされる危険があります。現に、今もぼくは……」

「そんなうわさ、ぼくもちょっと聞きました」鄭はにがにがしげに言って、ステッキをもった右肩をちょっと怒らせながら、

「そりゃ東京には朝鮮人が大勢おります。大勢の中には、二人や三人、悪い事をする朝鮮人もおるでしょう。ですけど、ぼくたちは日本の皆さんと仲よしです。悪いことなぞ、断じてしないです。つけ火なぞ、何のためにする必要がありますか。ぼくたち、日本の不幸に心から同情しています。できるだけ気の毒な人たちを助けたいです……」

「そのとおりです」進一は言いがたい焦躁を感じながら、なお熱意をこめて言葉をつづけた。

「君の言われることにうそはない。だけど、大天災にあって、みんな気持ちが動転しています。正気を失っています。正直な人だか、悪人だか、見さかいがつかなくなっています。だから、出かけるのやめて、さっさと宿へ帰ってください」

鄭はとうとう憤慨しだした。「いくら日本人だって、何にも悪い事をしないぼくらをいじめるなんて、できないはずです」

「いや、いけません、断じていけません。どうかぼくの忠告に従ってください。それに、李君は本所の方へ行くって言ってましたね。本所なんてまる焼けですから、友だちなんて探しようもありませんよ」

「でも……」李はしずかな微笑をうかべて言った、「大丈夫のつもりです。大学の証明書も持っております。それに、ぼくの親友が……」

「いや、絶対に大丈夫じゃない。ぼくはついそこで、朝鮮の学生が半ごろしにされるところを見てきたばかりなんです」

進一は若い相手のあまり単純な、自信のある態度にひどくいらいらさせられ、しまいには腹だたしくもなって、まるで叱責せんばかりの調子で思いとまらせようと骨折った。

鄭と李はちょっと顔を見あわせて、朝鮮語で何やら話し合っていたが、やがて李が進一にむかって帽子をとり、ていねいに頭をさげてこう言った。

「いそぎますから、ぼくこれで失礼します。大丈夫ですからどうか心配しないでください」

「じゃ、どうしても行くんですか」進一はがっかりして、大きなため息をもらしたとき、李はもうすたすたと歩きだしていた。

「じゃ仕方がない。できるだけ気をつけてね。もし途中で少しでもあぶないと思ったら、すぐにひき返してくるんですよ」

李はちょっとふり返って、もういっぺんあいさつをした。それから歩調を早めてずんずん遠ざかって行った。

鄭の行く先はつい近くの八百屋だったので、進一も護衛するつもりでそこまでいっしょに行った。そしてネギとタマゴを買った鄭をさらにその住居まで送ってやった。みちみち、三十一日に横浜へ行ったという彼の同宿者や、きのう東京へでかけて行ったという蔡君の身の上なぞを案じてやった。後から思うと、進一がこんな風にして、ひるま鄭と肩を並べて歩いたのはかなりの冒険で、無事にすんだのがふしぎなくらいのことだった。それというのも、場所が人家のまばらな郊外で、まだ騒ぎもほんの始まりにすぎなかったからだ。

李が去ったあと、鮮人狩りのさわぎは急に暴風のように激しくなってきた。そして李はあれっきりもどってこなかった。彼に妻と赤ん坊を救いだされた会社員が、近所の人びとに保護されてようやく生き残った鄭や、その他の知合いと協力して長い間李の行方をさがし歩いたが、けっきょく何の消息も得られなかった。いわゆる不逞鮮人の一人として、どこかで自警団の手にかかって殺されたのに違いなかった。

一三

「とうちゃん、原っぱの方でポンポンといっているあの音、なアに？」

土手下の草地の避難場でそれまで友だちと遊んでいた康子が、何ごとか急に不安を感じたようすで、進一のそばへ寄ってきて手にすがりつきながらきいた。

なるほど、子どもにそう言われてみると、谷をこえて、練兵場の方からたえず銃声のような音が聞こえてくる。気がついてみると、この音はさっきからつづいているのだが、進一は日常、兵隊の発火演習の音をききなれていたので、別に気にもかけないでいたのであった。しかし、考えてみると、こんなに日に兵隊の演習の行なわれるはずがない……

「ああ、あれかい」と進一はわざと事もなげにこたえた、「いつものように、原っぱで兵隊さんが演習をしてるんだろうよ」

「そうお」

女の子はじゅうぶん腑におちないような顔つきだったが、とにかく父親がいっこう心配そうな顔をしないのをみて安心したらしく、また仲間の方へとんで行って、遊びはじめた。

進一はしかし不安だった。彼は相変わらず草地で床几にもたれて、あきもせず東京の空とにらみっこをつづけている将軍のそばへ行って、きいてみた。

「あの、原っぱの方でポンポンいってるあの音、何でしょうか」

「うむ、じつは自分もさっきから変だと思っているんだがね……」

「まさか銃声じゃないでしょうね？」

「銃声だとしたら、空砲だろうな」将軍は慎重らしい構えで例の物音にじっと耳をかたむけていたが、どうやら一つの結論にたっしたという調子で、

「朝鮮人の一揆がひどくなってきたので、軍隊が出動したんじゃないかな、そして空砲でおどかしてるんじゃないかな」

そして彼は練兵場の方をじっと見やった。

「じゃ、いよいよ大変なことになりますね。ぼくらもこんな所にぼんやりしていて良いもんですかね？」

進一は激しい焦躁と不安のためにもう静止していられないという顔つきで、谷間から練兵場へかけて目を走らせた。午後の日は照っていたが、大火災からまい上がる黒けむりがいよいよ中空までひろがり、太陽までがかげりがちだった。そのたびにひとけのみえない練兵場は、草ぐるみいちめんに灰色がかって見えた。一部には兵隊の掘りちらした塹壕の跡が縦横に見え、もり上がり、散乱した褐色の土などが目だって、それがまるで来たるべき内戦にそなえて準備されているような印象をあたえた。

夕方が近づきつつあった。こんな状態でやがて夜をむかえることを思うと、みんなにはとても恐ろ

しく思われた。

急にけたたましく警鐘が鳴りだした。すりばんで、しかもわりあいまぢかだった。将軍閣下もおどろいて床几からとび上がった。

「おや、近いようだぞ。代々木八幡あたりにきこえるじゃないか」

「何で今ごろ火がでるのかな。まさかこんな所まで東京から飛び火するはずもないし……」

「どこだ？　火事はどこだ？」

人々はのび上がるようにしてあちこちを見まわした。近くにはどこにも火事らしい兆候は見えなかった。

「変だな。いっこう火の手もみえないようだが……」

「でも、半鐘はあんなに鳴っている。やっぱり近いようだ」

「ふむ、さては鮮人が放火するってのは本当かな」

家にはいっていた近所の人々もあわてて外へとび出てきた。そしておびえきった顔つきで、まわりをうろうろしていた。

「とにかく行って、様子をたしかめてこよう」

進一はそう言って、義正を伴って鐘の鳴る方へ出かけようとした。とたんに警鐘の音がぱったりやんだ。

きた。

そこへ消防のはんてんを着て、股引きに地下タビをはいた中年の男が半ば駆けるようにしてやって
彼らは何となく腑におちない様子でそのまま路上に立っていた。

「もう消えたのか。ボヤだったんだな」

「おや、やんだ」

「火事はどこだったのです?」と進一は通行者をさえぎるようにしてきいた。消防手は立ちどまって、はアはアと苦しげな息をしながら、どもるようにして言った。

「カ、カ、カジじゃありません。鮮人どもがこの奥の方で暴動を起こしたんです。あいつら爆弾をもってるから気をつけてくれということです」

進一も義正もちょっと青ざめた。

「ほんとですか、そのこと?」

「いま富ガ谷の消防から知らせがあったのでみんなに知らせようと思って……」

そこまで言うと、消防手はまたあたふたと駆けだして行った。

それから五分と間《ま》がなかった。どこかで大声で何やらわめきたてるのが聞こえた。声はたえず動いていて刻々に近づいてくる。みると、谷間のまん中をつらぬいている街道の上に、白い半シャツにズボンをはき、鉢巻をした三十前後の男が自転車にのって奥の方からあらわれた。彼はいっさんに自転

車をとばせながら、ありったけの大声でどなりまくっている……。
「奥の三角橋のそばで、朝鮮人三百人が暴動を起こしたぞ。だんだんこっちへ押しよせてくるから、男子はみんな武装して出てくださァい。女と子どもは大急ぎで神宮の森の中へ避難させてくださァい」

出所不明の、この重大な命令の伝達者は、相変わらず同じことを大声でわめきながらたちまち裏参宮路の方へ去って行った。しかし人々はこの恐ろしい言葉をきわめてはっきりと、正確に自分の耳で聞きとった。だれもその真偽をただすひまがなかった。伝達者が何ものであり、だれの命で動いているかを疑う余地さえなかった。正直な市民はだれでもこんな大変な報道にうそや、でたらめがあろうなぞとは冗談にも考えることができなかった。ともあれ、鮮人が暴動を起こしたというのだ、爆弾をもってこっちへ攻めてくるというのだ、みんな防衛にでろというのだ。これは夢の中の話でなく、現実に目の前で起こったことなのだ。このような重大な厳粛な報道とよびかけを、かえってそういうものであるが故に人々は言葉どおり本当にしてしまったのだ。

じっさい、この言葉は、身辺におちた雷のように人々をふるえ上がらせた。彼らはまっ青になり、うろたえきって互いに顔を見合わせたが、別に話しあいも、相談もしなかった。まるでそんな余裕がなかった。気の早いものはさっさとめいめいの家へとびこんで、がらがらと雨戸をしめ始めた。

二分の後には、表の草原にはきれいにだれもいなくなった。

一四

　堀進一も少なからず狼狽した。どうしたら良いのか、とっさには考えも浮かばなかった。しかし彼はすぐ気をとり直した。もうこうなった上は、まず妻と子どもたちを避難させなければならない。だが、どこへ避難させるか。さっきの自転車の男は明治神宮の中を避難所として指定したが、そして神宮ならまじかなので好都合だが、あんなに目につきやすい場所がはたして適当であるかどうか。では、どこがいいか……

　ついに彼はこう心をきめた。もうこの上はどこへ避難するといったところで、事態が切迫しすぎて良い方法もみつかるまい。なまなか見ぐるしいかっこうであてもなしに逃げ回るよりは、いっそ用心ぶかくして自分の家にとじこもっている方がよい。そして彼はうろたえ騒ぐふゆ子をしかり、はげまして、子どもをつれて家にはいった。そして手ばやく雨戸をしめてしまい、彼らはいっしょに洋室の書斎にはいって、内からドアにカチャリと鍵をおろした。

「ねえ、こんな所にいて大丈夫かしら？　どこかへ逃げた方がよくない？」ふゆ子は青ざめた顔に言いがたい恐怖の色をうかべ、眉根に深いしわをよせて、きいた。

「今さら逃げたってどうなるもんか。かえって暴徒につかまる危険があるだけだろう。おちついてここにじっとしていようよ」

妻ばかりでなく、自分をもおちつかせるつもりで、彼はむぞうさらしくそう答えた。そして、むかい慣れた自分の大テーブルの前へ行って、どっかりと椅子に腰をおろした。そのとき彼は、自分の家がコンクリートの高い灰色の塀をへだてて、寺内伯爵邸と隣り合っていることを思いだした。寺内元師といえば、もとの朝鮮総督であって、愛国的な朝鮮人からふかい怨恨の的となっていることは疑うまでもない。だから、暴徒がこの方面へ押しよせてくるとしたら、この城のような構えの寺内邸をねらわないはずがない。それどころか、暴徒がこの方面へやってくるというのは、寺内邸こそ襲撃目標なのではあるまいか。そうだとすれば、その隣にひそんでいることは、まきぞえになる可能性がつよく、たしかに非常に危険だ！　……

進一は急に椅子から立ち上がった。

「そうだ、やっぱりここにはいない方がよさそうだ。とりあえず、お前と子どもたちは地主さんの所へあずかってもらおう。あそこなら百姓屋だし、わりあい近くもあるし、何より親切な人たちだから……」

妻はよろこんで同意した。彼はふたたびふゆ子と子どもらをつれて、こんどは台所口から家をぬけ出した。そして裏木戸から、裏の通りへ出た。

ほとんど同時に、裏の家の石の門から溝口が門をでながら、小型のピストルにタマをこめていた。

細君は赤ん坊を背おい、もう一人の女の子の手をひいていたが、彼女の帯の間にはみごとな懐剣の鞘が光っていた。若い下女が外の二人の子どもを引きつれていた。この一家はだれとも口をきかず、一刻でもムダにしていられぬというように、溝口を先頭にぐんぐん裏路次をでて行った。

裏路次の、ちょうど将軍邸の門ちかくで、近所の人たち四、五人がかたまって、ひどくあわてた、おちつかない様子でがやがや言い合っていた。

「神宮へ逃げるのと、新町へ逃げるのとどっちがいいかね？」

「いっそ裏参宮路へでて、山内侯爵邸へとびこむのもいいぜ」

「いや、あんな金持ちの所じゃかえってあぶない。いっそ貧乏長屋にかくれる方が安全だろう」

「あいつら、女の子でも容赦しまいね」

「むろんさ、何でも日本人とみたら片っぱしからやるんだ、日本人をみな殺しにすると言ってるそうだよ」

「とにかく早くどこかへ逃げなくちゃ……」

「逃げることだ」

「でも困ったなア、どこへ逃げるか」

進一は思わず彼らのそばで足をとめて、みなの言葉をきいていた。じつのところ、そこに何人かがかたまっているのを見るのが何となく心づよく感じられたのだ。

そこへ、木刀を手にした義正があらわれて大声で彼らによびかけた。

「皆さん、こんなに一カ所にかたまっているのは危険ですよ。暴徒は爆弾をもっているというし、かたまってると放りつけられますからね。はやく散ってください」

これをきくと、人々は大急ぎであちこちへばらばらに散った、まるで敵が目の前にあらわれたかのように。

そこで進一はまた迷いを感じた。そして思いなおした。

「そうだ、こうなったら殺されるも、助かるも運ひとつだ。見ぐるしく逃げまわったってどうなるものか。やっぱり自分の家にとじこもって、成りゆきにまかせるとしよう。何といっても書斎は洋室で、カギもあるんだ」

そう決心すると、彼はすぐにまたふゆ子と子どもたちをつれて自分の家にもどった。そしてあらためて厳重に戸じまりをし直し、ドアに鍵をかけて書斎にとじこもった。

彼は窓々の茶色のブラインドをおろし、暗緑色の重いカーテンをひいた。そのために、部屋の中は夕やみのようにうす暗くなった。

片隅にひとり寝のベッドがおいてあった。ふゆ子はその端に腰をおろして、次女に乳房を含ませていた。康子は母親にぴったりと寄りそって、小さくなって、びくびく震えていた。地震よりも、大火よりも、親たちのうろたえきった、ただならぬ様子にすっかり脅やかされてしまったのだ。

「とうちゃん、こわい。まだ地震がくるの？」

「大丈夫、もうちっともこわくないの。ここにこうしておとなしくしておればいいのよ。とうちゃんも、かあちゃんも、お前のそばについているんだから」

彼らは何とかして康子をおちつかせようとした。そして彼女を早くベッドの上で寝かせようと骨折った。しかし子どもはどうしても横になろうとせず、ひっしでふゆ子にしがみついていた。ただ泣きたいのだけけんめいにがまんしていた。

進一はうす暗い部屋の中を、おちつきなく行ったり来たりしながら、いまだに耳の中にりんりん響いている、一つの重大な言葉を胸の中でくり返した。

「……男子は武装して前へ出て下さァい！」

彼は部屋の中でも節だらけの太い竹のステッキを手にしていた。彼の手元には、武器らしいものは何もなかった。まさかナイフや包丁をもち出す気にもなれなかった。

（彼は思うのだった。この際、なまなか刃物なんかもち出したってどうなるもんか。この竹のステッキ一本ありゃたくさんだ。何ならこんなものさえ無い方がかえって安全かも知れない）

そして彼は急にたちどまってふゆ子にこう言った。

「ぼくはちょっとそこまで行ってくるからお前はここで子どもらを守っていてくれ。いかなることがあっても、ひとりで勝手にここから出ちゃいけないよ」

そして彼はドアの鍵をはずして出て行こうとした。

「あら、どこへいらっしゃるの?」 ふゆ子がおどろきあわてて聞いた。

「ちょっと外の様子を見に行くのさ」と彼はわざっと気軽さをよそおって答えた。

「あなた、行かないで! どうか行かないで! 鮮人が押しよせてくるっていうじゃありませんか。相手は爆弾をもってるってのに、あなたはそんなステッキ一本で、殺されてしまいますわ。おねがいです、行かないで」とふゆ子は夫にすがりつかぬばかりだった。

「外の人が出てゆくのに、ぼくだけここに隠れてはいられないじゃないか」

「外の人たちだって出て行くもんですか。みんな逃げるか、隠れるかしてるのよ」

「とにかくぼくはちょっと行ってくる」

そして進一がドアをあけたとたんに、こんどは康子が急に泣いて叫びだした。

「とうちゃん、行っちゃイヤ。行かないで、行かないで……」

彼は康子をなだめるために何か言おうとした。しかし子どもは何ごとも耳に入れようとせず、いきなりベッドの上にとび上がって、いよいよ激しく泣きたてた。

「いや、いや、いやだってば……」

「あなた、子どももあんなに言うんですもの、どうか思いとまってくださいよ。それに、暴徒がやってきても、あなたがいてくださらなきゃ、わたし一人じゃどうにもなりませんわ」

「仕方がない」進一はふたたびドアに鍵をかけて、力なく片隅の椅子にもどった。これを見て康子はようやく泣きやんだ。

一五

練兵場と思われる方向から、トキの声を思わせるワァーッ、ワァーッというものすごい喚声が、このとじこめた書斎の中までたかだかとひびいてきた。つづいて、つづけざまの銃声が数発……

「暴徒がおしよせてきたんだわ」ふゆ子が乳房をくわえたまま眠った次女をしっかりと抱きしめるようにしてつぶやいた。

「さァね」

進一はわざと疑わしげに言ったが、もうそれを疑う余地はないように思われた。さすがに心臓が激しく打った。暴動化した数百名の朝鮮人が、手に手に銃や剣をもち、爆弾をふりかざしながら、原を横ぎり、谷をつたって、ぞくぞくと寺内邸をめざして押しよせてくるさまが、まざまざと目にうかんだ。それにしても、いったいどの辺まで迫ってきたんだろうか?

彼はじっと耳をすませた。ワァーッ、ワァーッの喚声は相変わらず聞こえるが、それは浜べへうち寄せる波のように、高くなったり、低くなったりする。そして、ある時はついまぢかに迫っているように聞こえるかと思うと、こんどはまた、ずっとかなたへ遠のいたようにも聞こえる……と思うと、急に喚声のとだえる時もあった。

「おや、今は聞こえないね」

「ええ、やんだようですわ」

瞬間、ふゆ子の青ざめた顔は（助かった！）という表情で生気づいた。

「どこかわきの方へそれて行ったのかも知れないわ」

「そうだとありがたいね」

と進一は窓辺に行き、カーテンのすき間から外の様子をうかがった。

夕暮れが迫っていた。神宮の森の上は、前夜と同じに、血のような赤さに染まり始めている。うち見たところ、谷あいにも、向かいの原っぱにも、人影はひとつも無い。このほのぐらい無人の風景が、何とも言いがたい荒涼として悽惨な感じであった。そして今にもそこに暴動を起こした連中がどっと殺到しそうに思われた……

ふっと気がつくと、彼の家の入り口にこしらえた木柵まがいのそまつな木の門が、村路にむけてすっかり開いたままになっているではないか。

「こりゃいけない」

進一は思わず舌うちした。もともとよりそれだけのことだ。だが、このことは暴徒たちにたしかにある暗示を与えずにおかない。暴徒の群れが寺内邸を襲うのが目標であっても、あのように往来にむかって開かれた門の前を通りかかったら、ついそれに誘導されてここまで乱入してくる可能性がつよい……

進一からこれをきくと、ふゆ子も急に心配しだした。

「じゃ行って門をしめてこよう」

「そうして。今のうちなら暴徒もちょっと遠のいたようだから」

彼はドアをあけて、玄関へおりた、そして思いきって外へでた。すると、書斎にとじこもっていた場合とちがって、いろいろな物音がはっきり聞こえてきた。例の喚声とどよめきも練兵場の彼方から音たかくつたわって、あそこらで敵と味方が入り乱れて戦っているかと思われるよう。それに神宮の上の空をそめた血の色は、夜やみの深まるとともにいよいよ濃くなりまさり、その範囲は前夜よりもさらに広くなっていた。爆発音は遠く、近く、たえずひびいてきた。進一はまるで味方の見えない戦場で、ひとりで敵の前にさらされたような気持ちがした。

ともすれば、どこからともなく、流れだまが彼の身辺へ飛んできそうな気さえした。

彼は急ぎ足で前庭の傾斜をくだり、入り口の門を大急ぎでしめた。その間も、まるで深夜のようにどこにも人っ子ひとり見えないのが、いかにもぶきみで恐ろしかった。それにしても将軍や溝口や、隅田の一家はどうしたんだろうか。たれもその家に残っていないらしいところから察すると、それぞれ思いのままにあちこちへ逃げ惑っているのかも知れない……

彼は急いで家にもどり、三度目にドアに鍵をかけて書斎にこもった。

「さあ、これからは成りゆきまかせだ。どうなとなるがよい」

「ローソクをつけましょうか。それとも……」

「そうだな。あんまり窓にあかりが射すようじゃ困るなァ。やっぱりつけないでおこう」

彼は相変わらずおちつかない様子で暗い部屋の中を動きまわっていた。

「とうちゃん、どうしたのよウ」

深くなる暗がりの中で、康子は半ば泣きながら、いかにもたよりない、すがりつくような調子で言いだした。凄惨な空気と親たちのただならぬ様子に子どももたまらなくなったのだ。

「うむ、どうもしてないよ。平気だよ」

「あたし、何だか寂しくてしようがないのよ。ねえ、かあちゃん、あたし寂しいのよ」

末の子までが目をあけて泣きだした。

「ねえ、お前たち、ちっとも寂しがったり、こわがったりすることないのよ。とうちゃんも、かあちゃんもそばについてるんだからね」

ふゆ子はけんめいになだめたが、長女はしばらく間をおいては、またたよりなげにくり返した。

「あたし、寂しいの。今夜は寂しいのよ」

この訴えをきくのは進一にとって耐らぬ思いだった。子供たちを少しでもおちつかせようとして、ついにローソクに火をつけた。赤黄色い光が乱雑きわまる書斎の中をゆらゆらと照らした。それがこの際、電灯よりも明るいくらいに感じられた。彼は急いで燭台をテーブルの下において、窓まであかりが届かないよう工夫した。

この間も、余震はたえまなく部屋をゆすぶった。家がみしみし鳴り、壁にできた大きな縦横の裂けめから細かい土がぽろぽろと床の上にこぼれおちた。そのたびに康子はベッドの上でキャッと声をたてて、母親にしがみついた。

「大丈夫よ、もうこわくないのよ。こわい地震はもうすんだんだから……」ふゆ子はやさしく子供の背中をなでて、いつも同じ言葉をくり返す。「それに、とうちゃんもかあちゃんもそばにいるんだから……」

ワァーッ、ワァーッ、ワァーッ……

「あら、またやってきたわ」彼女は思わず二人の子らを抱きしめる、「こんどは前よりずっと近くまできたんじゃない？」

「なァに、大丈夫だよ、たとえやってきたところで、あいつらのねらってるのは寺内邸にきまってるんだから。ただ、ぼくらは巻きぞえをくわないように注意してればいいのさ」

妻を慰めるためにそう言ったものの、彼の言葉には力がなかった。

「でも、暴徒が窓を破ってここまではいりこんできたら、どうしましょう」そういうふゆ子の声はかすかにふるえていた。

進一はドアを背にして立ったまま黙っていた。ふゆ子はすっかり悲壮なかくごをきめたらしい顔つきで、言葉をつづけた。

「暴徒だもの、相手が女だって子どもだって容赦しませんわ。わたしなんか殺されたって構いません。でも、あなたと子どもたちだけはどうしても助けたいの。いざとなったら、おねがい、あなたはこのベッドの下にかくれててね。その間にわたし、——もうこうなったらどうせ殺されるかくごだから——わたし暴徒の前に身をなげ出して、命がけで嘆願してみるわ。わたしを殺して下さい、そのかわり夫と子どもたちだけは……」

「おだまり」進一は声をあらげて彼女をさえぎった、「子どもがきいてんだよ。何を途方もないことを言って、罪のないものをおどかすのさ」

とっさに皆だまってしまった。

ワァーッ、ワァーッ、ワァーッ……

ポン、ポン、パーン、パーン……

いよいよ恐ろしい瞬間が迫りつつあるかに見えた。進一の胸は激しく鼓動して、立っているのが苦しくなった。彼は片隅の肘付き椅子の上にくずれるように腰をおろして、新しい巻たばこに火をつけた。

彼はできるだけ冷静になりたいと思った。そしてじいっと目をつぶった。しかし彼の評論家的な理性はマヒ状態におちいって、少しもはたらき出そうとしなかった。ただ、時折、ふっとこんな気がしてきた。

「こんな騒ぎは何かのまちがいじゃないだろうか。何かのちょっとした手ちがいで、ぼくらはみんなでカラさわぎをしてるんじゃあるまいか」

実際にそんな気がした。しかし外からひびいてくる喚声と銃声をじっさいに耳にしては、それも一種のはかない希望にすぎないことを反省せずにいられなかった。

彼のつぶった目には、恐ろしい場面がつぎつぎと浮かんできた。流弾が窓ガラスをつきぬいて部屋にとびこんでくる。玄関と雨戸があらあらしくたたきこわされる。しかし書斎には堅固なドアがあるので、いっとき暴徒の乱入をくいとめることができる。その間に窓の方が打ちこわされる。そして数人の暴徒が窓をのりこえて乱入してくる。ピストルを握ったやつ、剣をかざしたやつ、爆弾を手にしたやつ、いずれも凶猛な、残忍な顔つきをしている。同時に、恐ろしさにひき歪んで、血の気をうしなった妻の顔、狂ったように泣き叫ぶ子どもたち、そして家族を背にして、無手のまま暴徒の前に立ちふさがる彼自身のすがた……

ひとりの暴徒が、ちらとふゆ子の方を見たと思うと、急にどんらんな、みだらの目をかがやかし、ピストルを手にしたまま彼女にむかって飛びかかろうとする。進一は夢中で相手をさえぎる。とたんにピストルが鳴って、彼が倒れる。そして妻の悲鳴……

（もしかすると）と彼は考える、（暴徒は無政府主義者の朴烈が指導してるんじゃあるまいか。朴君なら例の黒いルバーシュカなんか着こんで、うちへ二、三回もたずねてきたことがあって、よく知っている。ついこないだもやってきて、仲間の雑誌をだすのに金を寄付してくれと言って、いくらか持って行ったばかりだ。彼が暴徒の首領だとしたら、大丈夫自分たちを殺しはしないだろう。彼は仲間にこう言うにちがいない。

「この人を殺すな。この人は同志ではないが、少なくもぼくらに好意をもっているのだ」

「そうだ、君たちがぼくを殺せば友人をひとり失うことになる」

「よかろう、君は殺さない。そのかわり君はぼくたちを助けなくちゃならない。さア、君もこの爆弾をもってぼくたちといっしょに行動するんだ」

さア、これは大難題だ！　人道主義者で、ガンジーの信徒で、かねがね非暴力を主張してきた堀進一が、どうしてこのような暴動に参加することができよう！　いくら妻子を助けるためでも、それだけはできない。彼はきっぱり拒絶する。拒絶するにきまっている。しかし暴徒も彼を許しておかない。彼はその場で射殺される。でも、彼は最後にこのひと言だけは叫ぶにちがいない。

「ぼくを殺せ。だが、妻と子どもだけは……」

おそらくこの際、最後の言葉を終わりまで言いきることはできないだろう……）

事態と恐怖がうみだす血なまぐさい幻想の中で、彼の心臓はいよいよ激しく打った。彼は一度ならず台所へ行って、バケツの水をヒシャクでがぶがぶ飲んだ。

ふゆ子は子どもらを何とか寝かせたい一心で、さっきからほそい声で子守唄をうたってやっていた。そのうち、末の子は母の胸に抱かれて眠ってしまった。そのうち、康子の方も、母のからだにもたれかかってうつらうつらやり出した。そしてついに眠りにおちた。ふたりの子どもをベッドの上に横たえて、その安らかな寝顔から寝顔へ目をうつしたとき進一は何となくほっとした。そしてこの二人がおだやかに眠っている間に、この悪夢のような一夜が事もなくすぎ去って、おだやかな明るい朝の日ざしの中にそろって目がさめるように神に祈らずにいられなかった。神だと！　この世にもし神があるとするなら、その神はきのうから十余万の男女が別に悪事もはたらかないのに、突如としてむごたらしい死に追いやられるのを、こういう現在もなお、あくまで冷やかに、もくもくして見おくっていられるのではないか？　これでもはたして神はあるのか？

一六

彼は相変わらず狭い、ごたごたした書斎の中を、あちこち歩いていた。時にはドアに背をもたせて力なく立ちどまったり、テーブルの下でゆらゆら燃えているかぼそいローソクの炎を見つめたりする。そして、ほとんど十分おきぐらいに窓ぎわへ行って、カーテンとブラインドのすき間から、そっと暗い外のもようをのぞいてみる。まっ赤な空の下で、大火災はいよいよ地域をひろげ、ことに北部より に広がっていた。東方の夜の地平線は見わたすかぎり火につつまれているかに見えた。

喚声はやはり、時々の爆発音をまじえておやみなくつづいた。いっこう近づきもしなければ、遠ざかりもしなかった。

「へんだな。音がちっとも移動しないじゃないか。少なくも、暴徒がまじかに迫ったという感じがしなくなった。もしかすると、みんなで暴徒を原っぱの向こうへ追っぱらったのかも知れないね」

「どうか、そうあってほしいわ。それにしても、近所の人らはどうしたんでしょう。まわりじゃひっそりしてしまって、コトリと音ひとつもしないじゃありませんか」

「ほんとだ、みんなどこかへ逃げちゃったんだろうよ」

彼の腕時計はこわれていたので、さっぱり時間は分からなかったが、恐怖と緊張の時はもうかなり長くつづいた。彼は精神的にも激しい疲労をおぼえて、立って歩いているのが苦しくなってきた。彼はテーブルの前の椅子をわきへどけて、暗緑色のじゅうたんの床の上に長々とあおのけになって寝ころんだ。そして彼は妻にたいして、こんな中でも自分が平然としていることを見せようとして、両手を枕がわりに後頭部にあてがいながら、

「ああ、何だか眠くなった」とつぶやいた。

「結構だわ。少しお眠んなさいよ」

「うむ、ちょっと寝ようかな」

じっさい、そうして双の目をつぶっていると、彼はついうつらうつらと眠れそうな気がしてきた。考えてみると、前夜からまんじりともしていないうえに、異常な極度の心労と緊張に圧せられて、頭もからだも疲れきって、へたへたになっていたのだ。にもかかわらず、彼はやっぱり眠ることができなかった。

そんな中で彼には、いま起こっていることはすべて現実の出来事ではなく、自分は長い恐ろしい悪夢の中にいるのではないか、ふっとそんな気がしてくる。そしてどうか本当にそうであってくれるように祈りながら、そっと目を開いてしずかに部屋の中を見まわす。テーブルの暗い陰でゆらゆらしている赤黄色いローソクの炎、ベッドの端に腰をかけて、憂慮にみちた大きな目で、子どもらの寝顔を見守りながら、うちわで蚊を追っている青ざめやつれた妻の顔、白い天井にものものしく拡大されてゆれ動くその影法師、壁の上を縦横にはしるむざんな裂け目……

そしてほとんど切れ間なしに部屋と家をゆすぶりつづける執念ぶかい余震。彼はいま床に頭をつけているので、それはいっそう気味わるく全身にひびく。しかし彼には地震なぞもはや恐ろしくなかった。鮮人の暴徒の幻影の前には、地震への恐れなぞふっ飛んでしまっていた……

きのう以来大地は大きくゆらぎつづけ、じつに多くの建物や器機や自然をてんぷくさせ、うちこわし、生き物を死滅させた。堀進一は自分の目でそうした事実をいくつとなく確かめた。そして彼自身、この時はまだ自覚することはできなかったが、彼の思想生活もまた大地震と同様に震動しはじめ、根本から大きくゆらいだのであった。それまで彼が動かない信念として堅持していたはずの観念論的な世界観にいつとなく大きな亀裂が生じ、古くからの自分の思想に安住していることができなくなった。そして、最後に彼が弁証法的唯物論の世界観に到達するまでには、これからなお数年にわたる並々ならぬ動揺と苦闘を経なければならなかったが、震災にあたっての深刻な体験が彼の生涯の大きな転機になろうとは、彼にもすこしも予想されないことであった。

一種の拷問部屋にとじこめられて、進一は床に後頭部をつけたまま、半ば意識の朦朧とした状態におちいり、うつらうつらしていた。一時間すぎたか、二時間たったか分からなかった。ふいに窓ガラスをコトンコトンとたたくものがあった。かなり控えめにたたかれていたが、何かの警鐘のようにものものしく、音たかくひびいた。彼はハッとして床からとび起きた。そしてほとんど同時にベッドの上で半身をおこしたふゆ子とじっと顔を見あわせた。彼の心臓は狂おしく鳴りだした。

暴徒の襲来か、それとも……

窓ガラスは相変わらず鳴った。だんだん強い調子になった。だれかが外から呼んでいる。どうもはっきりしないが、先生、先生と呼んでいるように聞こえる……

「あれ、たしかに蔡さんの声よ」耳ざといふゆ子は小さい声で言った。

蔡だと！　蔡のことなら進一もきのうからその行くえをひどく心配していたのだ。無事でいるなら彼がたずねてきても何のふしぎもない。だが、彼は朝鮮人だ。しかも、いまどきやってくるとはどういうわけか。彼も同胞のよしみで暴動に加担したのかも知れない。そして一種の友誼から、彼らに危険から一刻も早く逃避するようすすめに来たのかも知れない……

進一はしばらくためらっていたが、いよいよ蔡の声だとたしかめると、カーテンをそのままに、ブラインドを半分だけあげて少しずつごく細目に窓をあけた。とたんに、せきこんだ、切迫した調子で蔡の訴えがとびこんできた。

「先生、助けてください。ぼく、とてもあぶないんです」

「蔡君だね。君ひとりか？」

「そうです、ひとりです」

「ちょっと待ち給え。すぐ玄関をあけるから」

もとどおり窓をきちんと締めてから、進一は大急ぎでドアをひらき、玄関へ出た。電灯はつかなくとも、真っ赤な空をぎらぎら反映する曇りガラスをはめた格子戸のせいで、玄関の間はうす赤く明るかった。彼はタタキの土間におりたち、用心ぶかく表のガラス戸をあけた。一尺ばかりあけるかあけないかに、金ボタンのついた黒い学生服をきた蔡が、いかにも待ちかねたようすで、すばやく中へ飛びこんできた。

「すみません、夜中に起こしたりして、でもぼく、危うく殺されそうになったもんですから」

彼はひどく気の立った調子でそう言って、赤っぽいうすやみの中で幾度も頭をさげた。そこへふゆ子が燭台をもって立ち現われた。彼女はひるまのとおり、きちんと帯をしめたままでいた。

「あらっ、蔡さんの頭から血が流れているわ。どうなすったの」

ふゆ子はおどろきの声を立てた。燭台を近づけてみると、帽子をかぶらない、濃い長髪の一部が流れでた血でべったりコメカミのあたりにへばりつき、たくさんニキビの吹きでた額から頬にかけても、まばらに血のあとが見られた。きかなくとも蔡の身の上に外でどんなことが起こったか、ほぼ見当がついた。

「とにかく上がり給え」進一は念をいれて玄関の戸にかたく鍵をかけながら、蔡を促した。

子どもらに目をさまされたくなかったので、彼らは蔡を茶の間に入れた。進一が何よりも先に蔡の口から、外部の暴動のもようを話させようとしているのを押えて、ふゆ子はまずローソクの火で蔡の頭のケガをしらべてみた。そういう彼女は結婚するまで、帝大病院で数年間看護婦として働いたことがあったので、今でも家庭の中に包帯や、消毒薬や、いろいろな塗り薬なぞをふだんに用意しておくことを忘れなかった。彼女の診断によると、頭のきずは棍棒か木刀でなぐられたと思われる裂傷で、重傷ではなかった。彼女はさっそく蔡を台所へつれて行って、ケガの部分の髪を切りとり、綿と消毒薬で頭の血をひととおり拭いとり、黄いろい塗り薬をきずの上にべったり張りつけ、軽く包帯をまいて、すばやく応急の手あてをした。さすがに手なれて巧みなものだった。

このあとで、さすがに蔡もほっとした様子で一日以来のことを語りだした。きのうの朝彼は牛込へ行って、知合いの朝鮮人の商人が神田へ引っ越すのを手伝っていた。そこで大地震にであった。知人の家は半つぶれになった。彼は夕方まで家財を近くの神社の境内まで運びだすのを手伝ってやり、その夜はやはり知合いの家族といっしょに同じ空地ですごした。きょうの（もしくは既にきのうの）午後、宿へかえるつもりで夕方ちかく新宿までやってきた。新宿からさらに新町筋へでたが、甲州街道はすでに着のみ着のままで猛火から逃げだしてきた罹災市民たちの、おそらくたしかなアテもなしに漠然と地方をめざして落ちてゆく群れの行列であふれるばかりになっていた。すでに怪しい流言が乱れとんで、鮮人狩の始まっていることを、彼は承知していた。避難者の行列にまじって歩いている間はほとんど不安がなかった。裏参宮路まできたところで彼は行列をはなれた。夕やみの迫る中を彼は半ば駆けるようにして歩いた。ねじり鉢巻をし、棒切れを手にした職人風の若い男がひとり、いきなり彼の前へきて立ちどまったと思うと、大声でどなった。

「おい、きさまヨボだな？」

「違います」

「じゃ、バ、ビ、ブ、ベ、ボ、を言ってみろ」

これには困りきって彼はだまっていた。

「そらみろ、ヨボにきまってらア。ちくしょう、おれの黒い目をごまかせると思いやがって」

そう言ったと思うと、職人は棒きれをふりあげて彼の頭をなぐりつけた。とたんに彼は原っぱにむかって一目散に駆けだした。もともと彼はすばらしい走者だったし、相手はひとりだった。それに濃くなった夕やみがさいわいした。彼はついに追っ手をぐんぐんひき離して、練兵場のふかい木立の中へにげこむことに成功した。

夜の練兵場にはほとんど人けがなかった。避難した人たちの姿さえ見えなかった。おそらく暴動の流言に恐れをなして、だれもこんな原っぱに近よらなかったに違いない。ついさっきまで彼はそこの木立の中に身をひそめていたが、夜のうちに何とかしてもっと安全な場所に移りたいと考えた。そして用心ぶかい野獣のように、一歩一歩たえず身辺を警戒しながら、ようやくたどりついたのが親しい先輩堀進一の家だったのだ。

そこで進一はきいた。「この奥で何百人かの朝鮮人が暴動を起こして、練兵場の方へ押しよせたというんだが、君、見なかった?」

「暴動どころか、人っ子ひとり見ませんよ。第一、いまどきどんな理由で朝鮮人が暴動を起こすんですか。ぼくだって、万歳事件の時は京城にいたし、祖国の独立を求めてみんなといっしょに街頭にでてデモに加わりました。警官隊とも、投石して勇敢に戦いました。さいごに逮捕されて一年牢屋に入れられました。ですが、今はまるで場合がちがいます。朝鮮人だっていちおうの思慮をもっております。この災難の中で、思慮をうしなって、暴動じみたことをやっているのは日本人じゃないですか」

蔡はいつも学生服の胸をはって、ほこり高くぐっと頭をそらして歩くくせがあったが、今もこう言いながら胸をはり、目をかがやかせて、反省を促すように先輩の顔をじっと見つめた。

この間にふゆ子は冷たい残飯ではあったが、大急ぎで一つだけ大きなお握りをこしらえて蔡の前にはこんできた。進一は半ば相談するようにして彼女によびかけた。

「ふゆ子、ぼくらはどんなにしてでも蔡君をかくまってあげようよ、ね」

「当り前ですわ。蔡さんにはいつもあんなに子どもたちをかあいがっていただいてるんですもの。それにこんな時は……」

「かくまうと言っても、まさか天井裏に入れるわけにもいくまいから、窮屈でも押入れにもぐっててもらうんだね。その前に、学生服をぬいで、ぼくのユカタに着かえてもらうといい。万一人目にふれてもその方が日本人らしく見えるからな。だけど今のところ絶対に人目にふれては困る。この騒ぎがいちおう下火になるまでは、どんなに不自由で苦しくても、押入れの奥ふかくにもぐっててもらわなくちゃいけない。むろん、食事もあすからお握りをこしらえて、押入れの中でこっそりたべてもらうさ。ただし、絶対に飢え死にさせはしないから、はは」

そして実際このとおりに実行された。蔡はそれから五日間、この家の押入れに忍耐づよく身をひそめていた。彼はついに命びろいをして、その後もずっと進一のもとへ出入りしていたが、数年後に彼はすっかり虚無観にとらわれてしまい、ある朝、日比谷公園の花壇のそばのベンチの上に死骸となって発見された。そのポケットには、進一あてに、生前の知遇を感謝する意味の遺書がひとつはいっていた。外に縁者もなかったので、進一が警察から彼の遺骸をひきとって火葬に付し、その骨を拾ってやった。

一七

蔡を押入れの奥ふかくもぐらせておいてから、進一たちはまた書斎へひき返した。進一は今夜もどうせ徹夜のはらをきめていたので、妻をベッドにねかせ、自分は片隅の椅子に腰をおろして、巻たばこを吸いにかかった。

それから間もなくだった。窓ガラスがまたもや音たかく鳴った。進一はまたびっくりしてとび上がった。こんどは暴徒のおそれよりも、自警団の連中が朝鮮人をかくまったことを早くもかぎつけて、家宅捜索にやってきたのではないか、そんな気がしたのである。外ではだれかが呼んでいる。どうやら池田義正の声らしかった。

進一はやはり用心しながら、片側だけ窓のガラス戸をあけた。うす赤い暗やみの中に、大学の制服をきた義正が立っていた。麦わら帽子に手ぬぐいを鉢巻のように巻きつけ、片手に木刀を握っていたが、すぐにこう言った。

「あ、やっぱりお家にいられたんですか。お宅ではだァれも見えないので、どうしていらっしゃるかと思いましてね」

「ご心配かけてすみません。暴徒の動静はどうでしょうか」

「くわしいことは分りませんがね、何でも練兵場の林の中に鮮人が大勢潜伏しているのを見つけて、いま盛んに狩りたてているそうです。もう十何人かトリコにしたと言ってますが、大部分は原っぱの向こうへ追っぱらったでしょうよ。それに、ご存じですか、きょうの午後戒厳令がでたんですよ」

「そうですか。知らないんです」

「方々へ軍隊が出動してますから、鮮人の暴動もこれ以上ひろがることはありませんよ。何なら、ぼくらはいま隅田の庭に集まってますが、皆さんもこっちへおいでになりませんか。こんな時には一人でも多くいっしょにかたまってる方が心づよいですからね」

「そうですね」と彼はちょっと考えていたが、じき決心して、「じゃ、そうさせて下さい。ぼくたちじき参りますから」

じっさい彼は一人の朝鮮人を家の中に秘匿している以上、かえってここを空家にみせかけておく方が安全だろうと判断したのだ。彼は奥の間へ行き、暗い押入れをそっとあけ、蔡にむかって小さい声でよびかけた。そして彼らはつごうで朝まで隣家へ移るが、君はいかなることがあってもこの押入れから外へ出ないようにと念入りに注意をあたえた。その後で進一は家族をつれて勝手口からでた。ふゆ子は眠った次女を背におぶい、急に起こされてむずかっている康子の手をひいて後につづいた。

冷やかな外気の中にでると、部屋の中にいてはほとんど聞かれなかった物音、――遠い爆発音や、不穏などよめきや、野のはてでだれかが叫びつづけているような音が、ひじょうにはっきりと、新しく伝わってきた。

空は前夜と同じように晴れわたり、いちめん星の光がきらめき、銀河がしろじろと浮かんでいた。欠けた月もあかるく照っていた。しかし夜のふけるとともに、東の空はいよいよ血のような赤さを増して中空ちかくまでひろがり、まっ黒な地平線の上には噴火のような太い大きな火柱が、いくつとなく、ものすごい勢いで天にむかって舞いあがるのがながめられた。

裏木戸を彼らが出たとき、路次をつつんだ赤い夜やみのかなたから、池田将軍があわただしい足どりでやってくるのが見えた。半ば禿げかけた頭に手ぬぐいで鉢巻をし、手にはステッキのようにして木刀をもっている。将軍は自分の家にははいらないで、そそくさと向かい側にある隅田の家の門をあけてはいった。ついまじかにいた進一らの姿は将軍の目にはまるではいらなかったらしい。彼らが隅田の家の前まで行きついた時、中将閣下は内から、すかし彫りになった鉄製の門に鍵をおろそうとしているところだった。人のけはいを感じて彼はいきなり軍隊式に誰何《すいか》した。

「だれかっ？」

「ぼくらです。堀です」

「あ、君か。さっぱり顔が見えぬので、どうしてられるかと思って心配していた。さア、はいんなさい」

彼は鉄の扉をあけた。そして進一らが入るとすぐ、またもや堅く扉をしめて、カチンと鍵をかけた。

木戸をあけると、やや広い庭だった。あけ放された縁側に十人ばかりの人影がごたごたかたまっているのが見えたが、初めのうちはだれがだれだが、ちょっと見わけがつかなかった。そのうち赤い空の反映をすかして、だんだんみんなの顔が見わけられた。でっぷり太った将軍夫人、二人の令嬢と小さい弟、それに将軍の長女である隅田夫人と赤ん坊。隅田は土足なので、クツヌギの石の上に腰をおろして、何やらべらべらしゃべり立てていたが、やはりかぶったパナマ帽子の上に手ぬぐいをまきつけ、手に太い棒をもっていた。

「おや、堀さんはどうして頭に手ぬぐいを巻いていないんですか」隅田はまずとがめるようにしてきいた。

「手ぬぐいですって？　何の事です」

「ご存じないんですか。これは味方のしるしなんです。早く鉢巻をしなさい。でないと鮮人とまちがわれますよ」

「どこからそんな命令がでたんですか」

「とにかく、みんなの間でそういう言い継ぎなんですから、やらなくちゃいけませんよ」

「そうですか」と言ったが、進一はちょっとばかばかしい気がして、手ぬぐいをもち出す気になれなかった。

「それから、味方の合言葉をご存じですか」と隅田はつづけた。「赤穂義士にならって、アマ、カワです。相手がアマと言ったら、こっちはカワと言えばいいのです。でないと、やっぱり鮮人ということになりますよ」

ふゆ子は子どもらといっしょに縁側に上がって、将軍夫人や令嬢らと低い声でぼそぼそ話しはじめた。進一は庭に立ったままで、隅田のおしゃべりにつかまってしまった。

「堀さんはどこへも逃げなかったんですか」

「ずっと自分の家の中にこもっていました」

「へえ、これはおどろいた。どうしてですか」

「どうしてって、あなた方もこのとおり家におられるじゃありませんか」

「ところが、じつはそうじゃないんですよ」

隅田はこう語った。宵のうち、この奥で鮮人が暴動を起こしたから、女と子どもは避難しろと呼んできたあとで、まず池田将軍は全家族をひきつれて、裏参宮路から甲州街道の方へめくらめっぽうに逃げて行った、隅田も妻子をつれてそのあとを追ったが、途中で親たちを見失ってしまい、水道の土手道のあたりを長い間うろつきまわった。しかし、どこへ行ってみても、同じ恐怖、同じ狼狽、同じ混乱があるばかりで、安全な身の置き場なぞ見あたらなかった。そこで、けっきょく、将軍たちも、隅田たちも、二時間の後には疲れきってめいめいの家へ引き揚げてきた。そしてこのように隅田の庭にかたまって夜を明かそうとしているのだった。溝口の一家はどの方面へ逃避したか分からないが、いまだにもどってきた様子がみえない……

進一は苦笑して言った。「じゃ、ぼく少しも知らなかったけど、この数時間この近所に残っていたものはぼくの一家だけだったわけですね」

「つまりそういうことですね。その間に鮮人があらわれて、あなた方に危害を加えるようなことがなくて、ほんとに良かったですよ」隅田は大いにまじめな顔つきで慰めるように言った。

「そうです、運がよかったと思います」

進一は自分の家の押入れに潜んでいる蔡君を思いやりながら真顔でこたえた。

将軍はすぱすぱたばこを吸いながら、いらだたしげに暗い庭を行きつもどりつしていたが、進一が鮮人の暴動はどうだったろうかときくと、

「どうもよく分からんが」と首をかしげて、「さっきはたしかに原っぱの方で軍馬のいななきがしたし、サーベルの鳴る音もしておった、たぶん軍隊が出動したものと思う。だから、たいてい安心だろうと思うんだが……」

そう言いかけて、将軍はまた調子をかえ、ややぐちっぽい口ぶりでつづけた。

「なアに、朝鮮人の三百人や五百人を片づけるにゃ、こっちに一小隊もあればたくさんさ。ぼくは大尉の時分に、満州にいて、ひとりで五〇人ぐらい追い散らしたことだってある。でも、何だね、軍隊とちがって、こうして女どもを一小隊もひきつれているんじゃかなわんよ。足手まといになるばかりで、どうにも動きがとれやしない」

そして彼はうす赤いやみの中で、進一にむかって苦笑してみせた。それからまた木刀を小脇にはさんで、新しい巻たばこを吸いつけながらしばらく動きまわって、こんな風に話しかけた。

「まったくあの時そっくりだ。まるでこんな具合だったよ」

「と言いますと？」

「レーニンが革命をやって、天下をうばった時さ。自分はちょうど大使館付きの武官で、ペトログラードに滞在していたんだ。真夜中にネヴァ川の方で、二、三発大砲の音がしたっけ、朝になってみるとケーレンスキーは行方不明で、ボリシェビーキが権力を握っていたんだ。ところがさ、それからが大変だったんだ……」

そして将軍は妙に活気づいて、一度ならず自分も行きあわせた市街戦のもようを、――味方も敵もばたばたと倒れて、いたるところ舗道に血が流れ、血だまりができる有様を描いてみせた。そしてこう言い足した。

「戦争は君、殺す相手がいつも外国人だ。恨み重なる敵国人だ。存分に戦うことができるさ。ところが革命となると、いわば内乱だ。自国民同志、兄弟同志が殺し合うんだから、こんなざんこくな、非人道な話はないよ。どんなことがあっても、革命だけはやっちゃいかんね。堀さんなぞには、こんごそういう思想で日本国民を指導してもらいたいものだ」

一八

将軍は巻たばこの吸いがらを暗い地面にさっと投げすてた。と思うと、少しでもこんな所にじっとしていられないという風で、木刀をつかんでせかせかと出かけて行った。義正も警戒のためにあたりを巡回しているらしく、さっきから姿をみせなかった。

暗い縁側には、女たちが子どもらといっしょに、嵐の前の小鳥のようにふるえながらかたまっていた。見たところ、将軍夫人がでっぷりふとっているせいか、いちばんおちついて見えた。姉のかつ子はぶるぶるふるえのやまないからだを母親によせかけて、ぼんやりと白くみえる顔に濃い眉根をひそめていた。妹娘の方は康子をその膝によりかからせて、いろいろなだめてやりながら、こんな風に快活な口調で言っていた。

「あたしもう平気よ。さっきまでは、どうにも恐ろしくって、歯がカチカチ鳴るんで困ってしまったわ。でも今は何でもなくなったの。どうしたんでしょう。自分でもふしぎな気がするわ」

　隅田夫人は赤ん坊を膝の上でゆすぶりながらふゆ子にむかって、「こんな恐ろしい思いをするくらいなら、いっそ死んだ方がいいですわね」と語りかけた。

「ほんとですわ。わたしもさっき部屋の中で、こないだ軽井沢で心中された有島武郎さんを思いだして、あの方死んだおかげでこんな恐ろしい思いも知らないですんだと思ったら、うらやましい気がしましたの」

「なアに、鮮人なんて恐ろしかありませんよ」

　と隅田は相変わらずクツヌギの石の上にじかにかけたまま、度の強いメガネを赤い空の反映でぎらぎら光らせながら、いかにも軽薄な調子でまくしたてた。

「ぼくはよく知っているが、要するにあいつらは亡国の民にすぎませんよ。武器や爆弾を少しばかり持って、この東京のまん中で暴動を起こしてみたところで何ができるもんですか。じきみな殺しにされるにきまってまさア。そんなことが分からぬくらい、あいつらはバカなんです。だから、ちっとも恐れる必要はないのです」

「でも、さっきのあなたの顔色ったらなかったわ。それを見て、わたしまで急に恐ろしくなって、逃げだしたんですもの」隅田夫人がぐちるように言った。

「そりゃ、ぼくだってこんな騒ぎは好きじゃないよ。じっさい、イヤな気持ちだもの。こんなことが明日もつづくんなら、ぼくはさっさと東京から逃げだして、遠い田舎へ行っちゃうよ」

「女房も、子どももここに打っちゃらかしといてね」

からかうように言って夫人がかすかに声をたててわらった。

進一は隅田のおしゃべりを聞いているのがイヤになった。そこで、彼はだまって隅田の家をぬけだし、狭いぬけ路次をとおって、自分の家の前の土手道にでた。そして、夜霧の中にくろく横たわる練兵場の原っぱと木立を望みながら、寺内邸の石垣にそってぶらぶら歩いて行った。遠い爆発音と銃声は相変わらずだったが、喚声じみた無気味などよめきはほとんど聞こえなくなっていた。

石垣をすぎ、竹やぶのそばへ来かかると、いきなりこうどなるものがあった。

「アマ！」

彼はびっくりして立ちどまった。みると、一間ほど先に在郷軍人らしいものが太い棒切れを手にして突っ立っていた。

「アマ！」と人影はもう一度くり返した。

「カワ！」

進一は隅田に教えられたことを思いだし、やっとの思いでそう答えた。在郷軍人は彼の方へ近づいて、なおいぶかるように進一の顔をのぞいていたが、

「おや、あなたはどうして鉢巻をしないのですか」

「……」

「鉢巻をしないで歩いていると、鮮人とまちがえられますよ。たちまちやられますよ。すぐ頭に手ぬぐいをまきなさい」

進一はちょっと頭をさげて、しずかにひき返しはじめた。彼の背後からなお在郷軍人の命令するようないかつい声がおっかけてきた。

「それから、この辺には鮮人がかなりうろうろしてますがね、われわれの狩り立てがひどいもんだから、あいつらもたまりかねて、中には日本人の家へ隠まってくれって泣きついて行くのもあるそうです。もしそんなやつがきたら、すぐひっ捕えて自警団か、警察へつき出して下さい。へたに鮮人をかばいだてすると、あとで軍事裁判で重刑を宣告されますよ。気をつけなさい」

進一はまた軽く頭をさげてていねいにこう答えた。

「ご忠告ありがとう。せいぜい気をつけることにします」

彼は考え事にふけりながら隅田家の庭へもどりついた。

まもなく義正がもどってきた。彼は代々木の谷を十町ばかり奥まで行ったが、暴徒はおおかた撃退されたらしく、それらしいものの姿は少しも見えなかった。そのかわり、八幡の森の下で、いきなり剣付銃の兵士に誰何されてびっくりしたと報告した。それをきいて隅田はおどり上がってよろこんだ。

「じゃ、本当に軍隊が出動してるんだね。それで安心したよ。軍隊がでりゃもうしめたもんだ。軍国主義がどうのこうのと言ったって、こんな時にゃ軍隊でなくちゃどうにもなるもんじゃないって」

まもなく池田将軍も戻ってきた。半ばはげた頭に鉢巻をし、木刀を小脇にかいこんだ閣下の姿は、いつになく元気で、活気づいて、うれしそうだった。彼はみんなの前に立ちはだかり、にこにこして言った。

「おい、みんな安心するがよい。軍隊がでて、暴徒をすっかり追いちらしてしまったそうだ。そのかわり逃げちった奴らがほうぼうに隠れて、またぞろ悪事をたくらんでるので、いたるところで鮮人狩りをやってるそうだ。それもおおかた朝までには片づくだろうという在郷軍人の話だったよ」

「ありがたい、ありがたい！　これでまア、われわれもみんな命びろいをしたよ」と隅田が大喜びしてわめくように言った。

「さァ、これでわれわれも、もう自分の家へ引き揚げていいんじゃないかね。われわれも少しは眠らなくちゃね」

この言葉を合図にして彼らはぞろぞろと隅田の庭をはなれた。門をでると、将軍はふっと足をとめ、炎々と燃えさかる真っ赤な深夜の東京の空を見あげながら、進一の方をちょっとふり返ってこう慨嘆した。

「ねえ君、ゆうべはまだこの空をみても、まれなる壮観だというような気がしたがね。これで、せっかく世界大戦でもうけだした日本の財産も、おおかた煙と灰になってしまったよ」

あまりに重大な事件のうずまきに巻きこまれると、あとから当時を回想して、全体の深刻な感銘にもかかわらず、記憶のあちこちに妙な空白の場ができているのに気づくことがある。関東大震災における進一の経験と記憶の中にも、やはり同じ現象があって、進一は二日目の真夜中に隅田の庭から自分の家へもどってから、その夜をどんな風にすごしたか、まるで思いだせない。押入れの奥ふかくかくまった蔡をそのままそっと寝かせておいたような気もするし、押入れからつれだして外の情勢について少しばかり話したような気もするが、確かでない。ただ一つのことを彼ははっきり記憶している。いくらかほの明るくなりかかった時、目のさめた進一は起きて窓ぎわに寄った。そしてカーテンを開き、するするっとブラインドをあげた。外はまだほの暗く、淡い霧がおりていたが、神宮の森の上は相変わらず血のように赤々と染まっていた。もう三日目の朝だというのに！

彼はおもわず首を垂れてしまった……

――一九三〇年春

血の九月

江馬修

一

福田は深川の小さい町工場で、フライス盤を見ならっていた。かぞえ年十六だったが、ずう体が割合に大きく、おとなびていた。

一九二三年九月一日。

彼は正午までに五十のナットを仕上げるつもりで、汗をふくのも忘れて、作業に夢中になっていた。残りはもう二つ、これだけやってしまえば昼飯にありつけるのだ。

ガラ、ガラ、ドドン、ドドン……

彼はとっさに、近くの工場のボイラーが破裂したのだと思った。半ヵ月ばかり前もいちど破裂して、工場の一部を破壊して、けが人を出した事があったからだ。そして、今も、あの時と同じような恐ろしい轟音と、激しい震動を全身に感じたからだった。

「あっ、地震だ！」

だれかがほえるような声を立てた。とたんに、福田は後頭部に重いハンマーを打ちおろされたように感じて、昏倒した。あとで分かったが、うしろの棚の上に置いてあったベアリングが彼の頭の上に落ちかかったのだ。

十五分もたってから、彼はやっと正気づいた。工場の軒下の、湿った土の上に寝かされていた。まわりに職工が三、四人いて、彼の顔に水を吹きかけたり、からだをどやしつけたりしていた。

「おや、気がついたらしいぞ」

「吉公、しっかりしろっ」

福田はうなずいた、そして半ばしびれたようなからだを、やっとの思いで起こしにかかった。

「おい、大丈夫か」

「大丈夫。ありがとう」

彼はどうやら起き上がった。うしろ頭がずきんずきんとひどく痛んだ。気がつくと、頭は白い布で無細工にぐるぐる巻きにされていた。

正気づいてしまえば、もうだれも彼なぞに構っていなかった。彼は痛みをこらえて、まず工場の中へはいってみた。旋盤、ボール盤、フライス盤、研磨機、モーターのような固定した重い機械は、とにかく原型と位置を保っていたが、他のものはたいていこわれるか、吹きとぶか、ころげるかしていた。それこそてんやわんやで、工場は半ば以上めちゃくちゃに破壊されていた。すでに二年ばかり自分を育ててくれた工場の、あっと思うまにこのように変わりはてた、みじめな有様に胸を打たれて、彼はしばらく、ぼんやりと立ちつくした。

この間も、仲間たちは一生懸命になって、工場の器具を外へもち出したり、事務所の書類を運び出したりしていた。福田もぼんやりしていられなかった。みんなといっしょになって、工場の前にある天水桶のそばへ、風呂桶をもち出すのを手伝った。

二時頃になって、やっと壁砂まじりの握り飯がくばられた。彼は頭ががんがん痛むうえに、かなり発熱していたので、ほとんど食欲が無かった。申し訳に少しばかり食べて、余りを仲間にやってしまった。

この時分になると、もうあっちこっちで、火事がさかんに燃えあがっていた。通りには、家財を背おったり、荷車につんだりして避難する人たちがさわがしくもみあっていた。しかし福田の所では、親方がまだ一るの希望をつないでいて、なかなか家と工場を見すてようとしなかった。おかみさんも、若い者も、少しも早く避難するようにすすめたが、どうしてもうんと言わなかった。

ズドン、ズドン、ズドン……

あまり遠くない所で、引火の早い薬品に火が移ったらしい、ものすごい爆発の音が立てつづけにひびいてきた。往来の群集の中からふいに叫び声が起こった。

「石川島の分工場に火がついた！」

もうだめだ、親方がついにうなるように言った。おもだった家財は大部分すでに荷車につんであった。彼は一同に命令するようにどなった。

「さぁ、みんな小名木川について下るんだ。どこまでも車をひっぱって行くんだぞ。この車さえ助かったら、手前らにうんと褒美をやっからなあ。とにかく千葉までやってくれ」

それから彼は福田をそばへよんだ。

「吉、何をぼやぼやしてやがんだ、まぬけめ！　きさまは文子をおぶって行け、絶対におれのそばを離れるんじゃねえぞ」

福田は無言でうなずいて、包帯した頭に灰色の鳥打帽をかぶった。そして子守女のつれていた文子を、よごれたシャツの背に両手でおぶった。文子は七つになっていたので、とても重かった。しかし彼はふだんこの子をかあいがっていたし、この子も彼にすっかりなついていたので、いっしょに逃げられるのを互いによろこんだ。

こうして、親方一家と、五人の職工たちが、荷車を中心にして工場を見すてた。街路は、わめき、叫んで、逃げまどう群衆でほとんど身動きができなかった。その上にどこからともなく、大きな火の粉がさかんにふりそそいだ。あたりはもうもうと立ちこめるむせっぽい煙のために、昼とも夜とも分からぬような灰汁色の暗さになり、太陽は光を失って、人だまのように、どす黄色く、ぼんやりと空に浮かんでいた。福田は急に狂気したような人間のうずにもまれながら、何気なくふり返って、防火壁の奥のコンクリートの建物に目をやった。竜巻のようにもくもくと盛りあがる黒煙をぬって、ものすごい大きな火炎が、のこぎり形の屋根をめらめらとなめて行く。それを見ると、彼は急に恐ろしくなって、いよいよ盛んに降りかかる火の粉の中を人ごみにもまれて先へ急いだ、一方で親方を見失わないようにたえず気をくばりながら。

二

避難する群衆の大部分は、せっかくもち出してきた家財を、とうに見すてた。もう自分のからだひとつを助けるだけが精いっぱいだったのだ。その中で、親方の荷物がかさばった荷車は、いまだに職工たちの懸命な努力で守られていた。しかし今では、それを押して行くのは職工らではなく、群衆のもみ合う圧力であった。

「あん畜生、まだ車をひっぱってやがる!」

「車なんかじゃまっけだ。すてちゃえ、すてちゃえ」

「そんな車、ぶっこわせっ」

殺気だった悪罵が石つぶてのように四方から飛んできた。とうとう職工の一人が言った。

「親方、車はもう動きませんぜ。あきらめましょう」

「もうひとがんばりだ。あそこの橋を渡りゃ何とかなるだろう」

親方は未練ぶかく言った。しかしもはやだれも車を引こうとしなかった。車はそのまま捨てられた。

親方はもはや何も言わなかった。そしてこんどは、文子を見失うまいとして、のべつ福田の方をふり返った。

「吉、文子は大丈夫か」

「大丈夫です」

「しっかり頼むぞ」

「大丈夫です」

その文子は、命がけで、福田の両肩にしがみついていた。そして泣きもせず、叫びもしなかったが、恐ろしさのあまり両足を変に両側へつっぱるので、とても進みにくかった。「足を突っぱるんじゃないよ」と初めのうちはいちいち口でしかっていたが、相変わらずなので、彼はそのたびに思いきり強く彼女の足をつねってやった。すると彼女は急いで足をひっこめるが、一分後にはまたぐんと両足をつっぱるのであった。

そのうち群衆はふいに動かなくなった。

「どうしたんだ？」

「早く歩け！」

「何をぐずぐずしてやがんだ」

すると、前方から、絶望と恐怖にみちた言葉が返ってきた。

「橋が燃えてる！」

「もう行かれない！」

「だめだ。どうしよう！」

まわりで女と子供たちの一時に泣き出す声が起こった。

「構わん、橋を渡れっ」

「まごまごしてると命が無いぞ」

「橋がだめなら、川を渡れっ」

「そうだ、川を渡れっ。川を渡るんだっ」

実際、一刻もためらっていられなかった。左側の屋並はもう一面に猛火につつまれている。右側は小名木川で、川から分かれた掘割にかかった行手の橋は、いま盛んに燃え出したところだ。対岸にはまだ火が移ってないが、そこへ行くには川をわたる外に道がない。そこで群衆は、小名木川の石崖にそうて、ころがるようにおり始めた。中途で足をふみはずして濁った流れの中へどぶんと落ちるものも少なくない。女たち、子供たちは、泣きわめくばかりで、なかなか川へおりようとしない。そのために家族の男たちまでが崖の上でもじもじしている。

福田は文子をおぶっているのですっかり当惑した。しかしとっさの思いつきで、文子をいったん下におろすと、彼女のへこ帯をずたずたに裂いて、それをつないで、彼女を自分の背中へすばやくくくりつけた。そしてうしろ向きになって、石づみの崖をそろそろ這っておりた。よどんだ濁った川水は思ったより深く、岸べりで胸のあたりまであった。泳ごうとしても、人間がこみ合っているので、そんなすきまが無い。足は川底の泥がずぶずぶもぐりこむので、踏みしめるのが容易でなく、いくどか倒れそうになった。彼のまわりでは、多くの人たちがつぎつぎと倒れて、水の中へ姿を消してゆく。流れもいくぶんあるので、うっかりすると足をさらわれ、すぐおぼれそうになる。しかし彼は必死で、夢中で、どうやら向こう岸までたどりついた。ところが、こんどは石壁をよじ登る段になって、背の重みと、足場の悪さのために、二、三度水の中へころげ落ちた。それでも、どうやら向こう岸に這い上がることができた。あとで分かったところでは、この川で避難者の三、四割はおぼれて死んだのだという。

助かった。そう思って彼はほっとした。大事な鳥打帽もなくさなかったし、文子も背中で生きていた。そのかわり、親方と家族を見失ってしまった。火に追われる避難者の大群は対岸でひしめき合っている。川の中は渡るもの、おぼれるものでごった返し、その上に大小の火の粉がさんさんとふり注いで、まるで地獄絵図のよう。福田は親方の名を叫び立てながら、血まなこで親方たちを捜しまわったが、どうしても見つからなかった。仕方なしに、彼はまた群衆の流れといっしょに運ばれていった。まごまごしていると、延び足の早い猛火にいつ逃げ道を遮断されてしまうかも知れなかったのだ。

折から、あげ潮のために、どぶの水があふれて、街路を浸していたが、みるみる増水して人々の膝のあたりまで届くようになった。

「つなみがくるんじゃないか」とおびえた声が言った。

「地震につなみはつき物だからね」

「水ぜめ、火ぜめじゃ助からない」

「仕様があるもんか。逃げられるだけ逃げるまでさ」

福田もがんばりの一心で、文子を背に歩きつづけた。文子は彼の両肩にしっかりつかまったまま、じっと押しだまっていた。恐ろしさのあまり、泣くにも泣けなかったのだ。もしかすると、うつらうつら眠っていたのかも知れない。

いつとなく日が暮れてきた。彼は相変わらず避難者の果てしない行列にまじって東にむかって歩いていた。晩の九時頃、ついに荒川放水路の高い、ひろい土手の上に出た。ここまで来ればもう大丈夫だ、そう思って彼は初めて東京の方面をふり返ってみた。東京は一面燃えさかる火の海であった。そしてのべつ物の爆発するような音と、わあっとわめくような無気味な物音が、そこから重重しく伝わってきた。そして天を焦がすような赤い炎の反映で、まわりは夕方のように明るく、人々の顔は血を浴びたように赤かった。長くつづく土手の上には、避難者たちがあちこちにかたまって、寝たり起きたりしているのが見える。火の粉はこのあたりまでさんさんと飛んできたし、時には新聞紙ぐらいの大きさの炎の断片が幅ひろい放水路の上を横ぎって空高くひらひら飛んで行くのも見えた。福田はこの土手で夜をあかすことにきめて、文子を背からおろした。彼女はへたへたになって、死んだように眠っていた。敷物とては何も無かったので、彼はそこらから丈の高い雑草をむしってきて、その上に短いゆかた一枚しか着ていない子供をそっと横にしてやった。

夜気はひえびえして、草の上には露が宿り、虫がしずかに鳴いていた。彼はやっと息のできる思いだった。しかし両肩は石のように堅くこって、鳥打帽をとろうとしてちょっと腕を動かしても、きりきり痛んだ。おまけに、帽子は包帯ににじんだ血でくっついてしまって、容易にはがれようとしなかった。むりに引きはがすと、後頭部の傷が新しくずきん、ずきんしだした。さらに、川を渡る時に打ったのであろう。腰骨がひどく痛かった。それに激しい渇きと空腹！　考えてみると、途中で道ばたの畑から胡瓜《きうり》と梨をもぎとって、文子と分け合って少しばかり嚙ったが、一滴の水も飲んでいなかったのだ。

川のにおいは彼をさそった。彼はふらふらと立ち上がった。そして痛むからだを引きずり、寝ころんだ人たちを踏みつけないように気をくばりつつ、土手の傾斜面をつたい、葦の茂った水辺へおりて行った。折から、欠けだした赤い月が空にのぼり、葦の茂みの間で月光がきらきらと揺れ動いた。けたたましい鋭い声でヨシキリが鳴いていた。彼は両手で水をすくって、がつがつ飲んだ。それから文子のそばへもどり、地上にからだを横たえると、そのまま死んだように眠ってしまった。

三

つぎの日の午後四時ごろ、福田はきのうと同じように、重い文子を背にくくりつけ、果てしなくつづく避難者の行列にまじり、夕日を背にして、土ぼこりのまい上がる千葉街道を東へむかってとことこ歩いていた。群衆は明らかに前日よりも大量で、血走った眼、殺気だった顔つき、命がけの身ぶり、みんな焦熱地獄から命からがら逃げ出してきた人たちばかりだった。いずれも着のみ着のままで、男にはサルマタひとつのもの、女にはじゅばんに腰巻だけのものが少なくなく、顔や頭にひどく火傷をしているもの、どこかにケガをしているのか、破れて血のまみれたシャツを着ているもの、さまざまだった。そして四つ五つの子供さえおとなといっしょに歩かせられていた。福田もよほど、文子をおろして歩かせようと思ったが、はきものが無かったし、やっぱりかあいそうに思えて、重苦しいのをがまんして相変わらず負ぶいつづけた。空腹のせいもあったに違いない、きょうは文子はいたってきげんが悪く、しきりに母親をよんで泣いた。千葉まで行けば、きっと父さん母さんにあわれると言いきかせたが、じつは彼には何の自信もなく、ただそこに親方の親類があるときかされていただけで、名前も所も知らなかったのだ。

残暑のきびしい日ざしは、じりじりと彼らの背をやいた。彼らの足元から黄色い土ぼこりがもうもうと舞い上がって、このみじめな行列の群れを押しつつんだ。ある部落で、村民の一団が道ばたにテントを張って、避難者たちに玄米の握り飯を一つずつ施与していた。福田もその恩恵にあずかろうとしたが、テントのまわりには避難者の群れが餓鬼のように恐ろしい勢いでひしめき合っているので、ヘタをすると、文子が押しつぶされそうに成った。二、三度やってみたが、とうてい目的が達せられそうもないのをみて、彼はあきらめてそこを遠ざかった。

そして、道ばたの田んぼで、みのりかけた稲の穂を摘んで、何とはなしにそれを噛みながら歩きつづけた。

その時、一隊の騎兵が早がけで、もうもうと砂塵を蹴立ててやってくるのに会った。兵隊はいずれも完全武装で、装弾された銃を背おい、将校は白刃をふりかざしていた。まるで実戦に臨もうとする軍隊のように、一人一人の顔はいかめしく緊張し、汗はカーキー色の軍服をぐっしょりぬらしていた。あとで分かったとおり、これが習志野騎兵連隊で、戒厳令勤務のために東京にむけて出動しつつあったのだ。一隊が去ると、さらにまた一隊がつづいた。避難者の群れは、彼らのためにあわてて道を開きながら、多くは親しい、救われたような目つきで馬上の兵隊たちを見上げた。時々気ちがいじみた声で叫ぶものがあった。

「万歳！」

「兵隊さん、おれたちの仇を打ってくれ」

「鮮人どもをみんなやっつけてくれ！」

じつはこの時分、朝鮮人にかんするあの恐ろしい流言が空から一面にふりそそぐ火の粉のように、人々の中へふり注いで、ものすごい勢いで燃えひろがりつつあったのだ。朝鮮人がいたるところで放火している。個人でかくれてやっているのもあるが、隊を組んで公然と火を放って歩いているのもある。消しても、消しても東京の火の燃えひろがるのはそのためだ。朝鮮人を見たら、片っぱしから殺してしまえ！　それから、社会主義者どもがこのどさくさに紛れて、朝鮮人といっしょになって暴動を起こそうとしている。社会主義者も見つけしだい容赦するな。破壊と猛火の中を命からがら逃げまどい、すっかり動乱し、逆上しきっている市民たちの耳に、この流言は毒液のように注ぎこまれ、彼らをいよいよ半狂乱にした。そして彼らは棍棒や刀はもちろん、手あたりしだいの武器をとって、もっぱら朝鮮人の狩りたてに熱中しはじめていた。

ちょうど江戸川の近くまで来た頃、列の前方から異様な、興奮した叫びが伝わってきた。

「不逞鮮人をつかまえたんだ」

「兵隊が鮮人どもをやっつけるぞ」

それまで重い足を引きずって、のろのろ歩いていた群衆が、わっと声を立てて駆け出した。福田も周囲につりこまれていっしょに走った。背中の文子がおびえきって、急に激しく泣き出したので、中途でとまろうとしたが、強力な流れに巻きこまれたようなもので、もう彼の自由にならなかった。

やがて群衆は動かなくなった。彼らは道ばたの畑にむかってかたまって、立っていた。二、三間離れて、夕ちかい日ざしをあびた数本の樫の木立があり、四、五匹の軍馬がそれにつながれて、静かに青草を食べていた。上着をぬいで、カーキー色のシャツになった兵隊が四、五人、いずれも殺気立ったすごい顔つきをして、何物かをにらんでいた。その何物かが、前に幾重にも見物人の頭が重なっているのでさっぱり見えなかった。福田はだんだん人ごみを押しわけて、人々の頭の間からどうやら奇妙な光景をちらっと見てとった。六、七人の人間が畑の上にかたまって倒れているが、みなうしろ手にくくられたうえ、さらに荒縄でじゅずつなぎにされている。着物はまちまちで、色のさめた菜っぱ服のもの、縞のシャツと半ズボンのもの、よれよれのかすりの単衣をきたものなぞ。しかもどの衣類もずたずたに裂かれ、泥と血にまみれている。まさしく朝鮮人労働者だった。彼らはまだ生きていて、縛られたまま、うち倒されたまま、まっ青な顔をして、口々にうめいたり、何事かを口走ったりしている。一番端の、二十二、三の若い男が、何でも逃げ出そうとするように、必死でからだを半分ばかりもたげた。

「野郎、じたばたするなっ」

口ひげのある赤ら顔の兵隊が恐ろしいけんまくでどなったと思うと、いきなり銃の台尻をふりかぶった。とたんに文子が両足を突っぱってわめき出した。

「兄ちゃん、行こうよ、行こうよ」

福田ははっとした。彼はあわててうしろへ向いて、みんな息をのんで声ひとつ立てないでいる人ごみの間を命がけでもがき分けて出た。

「さあ、早く千葉へ行こうね。とうちゃん、かあちゃん、きっと待ってらっしゃるよ。文子はどうしたろうって、心配してらっしゃるよ。早く会いたいね」

四

東京府と、千葉県のさかいになる、あの長い江戸川橋をもう少しで渡り終わろうとしたところで、福田はすれ違った、二十五、六の丈の高い若者にふいに声をかけられた。

「おや、吉公じゃねえか」

見ると、中山だった。菜っぱ服を着て、もじゃもじゃの髪の上によごれた鳥打帽をかぶり、顔もからだも汗とほこりにまみれている。彼は色がくろく、目が鋭いうえに、やせた右ほおからあごにかけてひどい切開手術のあとがあるので、一見恐ろしげに見える。しかし、いかにも明るく、男性的で、だれにも好感をもたれた。今も、福田は彼の汗で光るくろい笑顔を見ると、まるで地獄で仏に会ったような気がした。

「ああ、中山さん、思いがけないところで……」

彼はかけよろうとしたが、二、三歩近づくのに、四、五人の人間に荒くつき飛ばされねばならなかった。彼は中山のたくましい大きな右手を堅くにぎり、その男らしい、あたたかい顔を見あげて、思わずぼろぼろ涙をこぼした。しばらくは言葉も出なかった。

中山はもと、福田と同じ工場で働いていた旋盤工で、いわば彼の兄分であった。彼は見習いの福田をかあいがって、いろいろ器械の扱い方も念入りに教えたが、同時にぽつぽつ労働運動の話なぞしてきかせ、どうしたら労働者は資本家の搾取から最後的に自分を解放できるか、というような問題まで熱心に説明してきかせた。もとより年少の福田にはこういう話はまだよくのみこめなかった。しかし福田は人間的に中山に深い愛着を感じて、自分も大きくなったらこんな風な男になりたいと思っていた。中山は工場の仲間の間で例外なく好かれていただけでなく、よその金属工場や、セルロイド工場なぞにも友だちが多かった。そして同じ深川の小島キカイ製作所で二百人ばかりの労働者が賃上げ要求をひっさげてストライキにはいると、彼は自分の工場を休んで、その指導と応援にかけつけた。ストライキは何とか勝ったものの、彼は争議の途中で逮捕されて、一年ばかり獄に放りこまれていた。その後、中山は働き口がなくて、自由労働者になっていると聞いていたが、じっさいには地下の共産党の渡辺政之輔や川田義夫らといっしょに南葛一帯に組合組織をつくり、労働運動をひろげるために懸命で活動していたのだった。

　二人は群衆の流れにさらわれないように、おのずと橋の手すりに身を寄せて行った。福田はきのう以来の事をかいつまんで話した。そしてこれから千葉へ行こうと思っているが、確かなあてが無いので、向こうの役所か警察にたのんで心当たりを探してもらうつもりだと言った。

「そいつあ心細いね」と中山はちょっと考えてから、「じつはおれは船橋からやってきたんだが、どうだ、おれといっしょに亀戸の川田のところへ行かないか」

「何で亀戸なんかへ行くの？」

「うむ、きのう北上が手紙をくれてね、何でもヒロセ自転車製作所で二、三日うちに二百人ばかり首を切ろうとしているんで、どっちみちストになる、ぜひ応援に来いっていうんだ。それで、さっそく出かけようと思っていたらこの騒ぎさ、どうも仲間のことが心配になるんでやって来たんだ」

「でも、亀戸だって焼けてるんだろうよ」

「ところがね、おれもさっきから、東京から逃げてくる人たちに何べんか聞いてみたんだが、あの辺は焼け残ってると言うことだ。千葉へ行ったってそんなにたよりないのなら、おれといっしょにひっ返した方がいいぜ。東京にいりゃまた何とかなるから」

「さあ」福田はこの際中山と離れたくもなかったが、命からがらぬけ出してきた地獄のような東京へまた戻るのも気が進まなかった。

「それに、おれ一人ならいいが、親方の子をあずかってるしね……」

「なあに、子供の一人ぐらいどうかなるよ。ようし、文ちゃんはおれがおぶってやる。さあ、おれによこした」

文子は福田の背を離れたがらないでぐずっていたが、中山はかまわずむずと抱きとって、自分の背にくくりつけた。そこで福田は中山に従って、さっき来た道をまた東京へ向かってひき返して行った。彼は急に元気になって、文子のきげんを取ったり、きのう以来の見聞を何かと話したりしながら歩いた。しかし、東京の方面から、あとから、あとからと際限もなく、街道いっぱいに押し流されてくる避難者の群れにさからって進むのは、容易でなかった。へたをすると、四、五尺も後ろへ押しもどされることさえあった。群衆の一部が道ばたにかたまって、畑の方をながめていた。それはさっき福田が逃げ出した場所であった。兵隊の姿はもはや見えず、殺された朝鮮人労働者たちの血まみれの死体が、やはり両手をしばられ、じゅずつなぎにされたまま、踏み荒された畑の上に縦横に横たわっていた。避難者の群れの多くは顔をそむけてとおったが、中にはそれを見て憎さげにののしるものもあった。

中山はここへ来るまでに、朝鮮人の老女が道ばたで殺されているのを見たと話した。

「ほんとかね、朝鮮人が放火して歩いているなんて」

と福田がそっと聞いてみた。

「君はどう思う?」と中山が問い返した。

「おれは、まさかと思うんだけど……」

「ふむ、結構だ。君はまだ正気を失っていないよ。あんな流言を本気でうけとるなんて、みんな正気を失ってるんだ。それにしても、どこのどいつなんだ、こんな流言をとばすやつは?」

文子は中山の背の上でのべつ泣き立てた。腹がへってどうにもならなかったのだ。中山も食べ物の用意がなかった。二人ながら金が無かったので、農家へよって何ひとつ買う事もできなかった。その時、大学の角帽をかぶった学生が、ふっと彼らのそばで立ちどまったと思うと、ポケットから小さい紙包みを取り出し、それをひろげて文子の鼻先へさし出した。白い角砂糖が五つ六つあった。

「さぁ、おあがんなさい」と学生は微笑さえ浮かべてやさしく言った。

「どうもすみません。さあ文ちゃん、手を出してちょうだいしなさい」福田は大よろこびで学生に頭をさげた。

その時また、じゅばんの上に赤ん坊をおぶった三十ぐらいの乱髪のおかみさんが、通りすがりにこの様子をちらと目にとめると、つかつかと福田のそばへ寄ってきた。彼女は目のつり上がった、青ざめた顔をつき出し、いきなり福田にこうきいた。

「ちょっと、この学生は鮮人じゃないんですか」

「どうして?」と福田はびっくりして、かみさんと学生の顔を見くらべながら問い返した。

「そんなら、そんな菓子もらうの、よしなさい。朝鮮人が、牛乳や菓子に毒を入れて、みんなに配って歩いてるって言うからね」

そう言いすてて、かみさんは避難者の群れの中にさっと姿を消してしまった。

「ふうん」と中山はいまいましそうに言った。

「何だって通りすがりによけいな言いがかりをつけやがるんだ！　あのかみさん、この角砂糖を目の前でみすみすよその子供にくわれるのが、よっぽどくやしかったんだな」

「ぼくも、朝鮮人に見えるとすると、気をつけなくちゃいけないな。これでも北海道はワッカナイの生まれなんですがね。でも、ああ言われたからにゃ、ぼくも君たちの前でこの砂糖を試食してみせる義務があるというもんだ」

そして学生はいきなりぱくりと大口をあけて、角砂糖を一つ、自分の口の中へぽんと放りこんだ。そしてさもうまそうにカリカリとかみ砕いて飲み下してみせてから、――まちがいなく、彼もけっこう腹をへらしていたのだ、――砂糖の紙づつみを文子の手に押しつけるようにして渡しながら言った。

「ぼくらはやっとの思いで東京から逃げ出してきたのに、君たちはどうしてまた東京の方へもどるのかなァ。おだいじに」

学生はたちまち人ごみの中に隠れ去った。

五

晩の八時ごろ、彼らはようやく亀戸までたどりついた。この辺は労働者と朝鮮人の多い貧民街だが、さいわい焼け残っていた。一般に沼の多い湿地帯で、狭い街路の両側には、青苔の浮いた腐ったどぶ水があふれてむかつくようなにおいをさせており、あちこちの空地にはよどんだ水たまりがあって、葦がびっしり茂っている。雨が降ると、あたりが一面に水びたしになるので、ここいらは俗にアヒル長屋とよばれていたくらいだった。がたがたの古びた小さいあばら屋ばかりだが、地震でこわされたあとはほとんど見られなかった。しかし暗い空地には、運び出された道具類がいっぱいに積んであった。そして地震のゆり返しを恐れて、野宿している人たちの姿が黒っぽく見える。やみの中に銃剣を立てて見張りの兵士がいかめしく突っ立っている。在郷軍人が弓張り提灯をもってどなり歩き、職人や小僧どもが梶棒や、棒切れや、抜き身の刀をもって路次から路次をかけ歩いている。必死で朝鮮人を狩り立てているのだ。

中山と福田は、いたるところで、十字路や町かどで自警団の網にひっかかった。まず朝鮮人であるかないかを調べられた。そうでないことが分かると、こんどはどこへ何の用で行くかを詰問された。一度は怪しいものに見られ、武器をもって殺気立った連中に取り巻かれた。形勢は危うかった。さいわい福田の背中で文子が泣きわめいたので、どうやら助かった。それでも二、三人の若者が、何やら大声でわめきながら、棍棒をふってあとをつけてきた。まるで血に飢えた送り狼そっくりであった。中山が三尺ばかりの狭い暗い路次をはいって行くと、ちょっとした空地があって、そこに古びた小さい二階建ての家がぽつんと立っていた。入り口に「葛飾労働協会事務所」という看板が出ていたが、今は暗いのでよく見えなかった。中山はいきなり格子戸をあけて声をかけた。

「川田、いるかい」

家の中にろうそくがほそぼそと燃えているのが見えた。それまで玄関で横になって眠っていたらしい、白い半シャツに黒いズボンをはいた若い男が、むっくりと身を起こしながら、戸口の方をふり返って、

「おう、中山さんじゃないか」と一種のなつかしさとおどろきをこめて問い返した。彼は直木という二十三になる労働者だが、目下失業して川田の家に寄食しながら、組合の活動を手つだっていたのだ。

「あら、中山さんだわ、あんたも無事だったの。よかったわね」

茶の間のろうそくのかげに、半白の老女とむかい合ってすわっていたゆかた姿の、色の白い、二十歳前後の娘が玄関へ立ってきながら、明るい声で喜ばしそうに言った。川田の妹の芳江だった。

「どうやらみんな無事らしいな」中山はいかにも安堵した顔つきで、「川田君は出かけてるの？」

「兄はいま、少し気分が悪いって二階でねているの。ひるま自警団とケンカして、亀戸署に検束され

て、夕方やっと釈放されてきたところなのよ」

「へえ、そりゃまた何としたことだ？」

「まァ、そんなとこに立ってないで早く上がんなさいよ。おや、お連れがあるの？」

「うん、ここへ来る途中でね、焼け出されて行き場のないやつを二人拾ってきたんだよ。吉公、ここはおれの身内も同様なんだ。上がんな」

福田はまず文子を背からおろした。そして中山につづいて子供の手をひいて家へ上がった。まるで親類へでも来たような中山のうちとけた、気のおけない様子を見て、福田もほっとした気持ちになっていた。

ろうそくのほの暗い明かりで照らされた茶の間も、古びて、くすんでいて、黄色い土壁が大きくはげ落ち、縦横にひび割れているのが目立った。五十あまりの、半白の髪をした川田の母親おたつがうちわを使ってしきりに蚊を追っていたが、中山を親しい笑顔でむかえて愛想よく話しかけた。中山は福田と文子を彼女にひき合わせて言った。

「母ちゃん、この二人は焼け出されて、行き場がないんです。土間でもどこでも良いから、二、三日おいてやってくれませんか」

「はあ、いいですとも。こんな時はお互いですからね。娘さんは何ていうの？　文ちゃん？　そう、こっちへいらっしゃい。親御さんにはぐれなすって、かわいそうに。親御さんもさぞ捜していられるでしょうねえ。ところでずいぶんおなかがすいてるでしょう。芳江や、ミルクが残っていたろう？」

「パンも少し残ってるわ」 娘の芳江は気がるに言って、ねずみ入らずの戸を忙しくがたがたやって、口をあけたコンデンスミルクのかんとパンの破片を少しばかり取り出した。そしてコップにミルクをついで、湯でうすめて、パンといっしょに文子にすすめた。

文子は福田の膝に半ば寄りそうようにして、与えられたパンと牛乳をむさぼるように口へはこんでいた。赤い丸いほおに涙のあとは残っていたが、彼女の大きな目は一種の安心を示しながら、なお物珍しそうに見なれぬ人たちをきょときょと見ていた。おたつは彼女のために絶えずうちわで蚊を追うてやりながら、子供の顔をのぞくように見て、しみじみと言った。

「こんな風に、親にはぐれたり、死なれたりした子供が、いま東京中に何万人うろうろしてることだろうね。そういえば、中山さん、義夫（川田）もきのう子供を三人助け出したんだってよ」

おたつの語るところでは、川田は一日の朝、山田と二人で麻布の労働通信社へ出かけて行った。労働通信の今月号を大急ぎで校了にしなければならなかったし、印刷費の未支払い分の半分も支払わねばならなかったのだ。ところが、正午近くにぐらぐらと来た。まわりで、二、三軒半つぶれになっていたし、相当被害があったらしいとは思ったが、まさかこれほどになるとは彼も思わなかった。そのうちあちこちで火の手が上がるのが見えたので、彼はそのまま仕事を打ちきり、山田といっしょに通信社を出て、急いで帰りかけた。むろん歩くより仕方がなかった。日比谷までくると、警視庁、帝劇と、あの辺一帯がさかんに燃えていた。そこで遠まわりして、銀座まで出たが、その間に、人ごみの中で山田を見失ってしまった。川田は何でも上野へ出るつもりで、半ば走るようにして急いだが、行くさきざき火が先回りしているので、しまいには火に追われて、あっちへ逃げ、こっちへ逃げしながら、それでも、五時頃には、どうやら上野の広小路近くまでやって来た。ところが、つい近くで、(助けて、助けてくれっ)というしぼるような、苦しい女の悲鳴が聞こえる。見ると、そこに小さい家だが、一軒ぺしゃんこにつぶれている。悲鳴はまちがいなくそこからくる。気がつくと、火はもう五、六間先まで迫っている。彼はそのまま通りすぎるに忍びなかった。そこで彼はつぶれた家の屋根瓦を片っぱしからめくっては投げ、めくっては投げして、ようやく屋根に大きな穴をあけた。さいわい二、三人が手伝ってくれた。まず四つぐらいな女の子を掘り出した。つづいて五つぐらいの男の子、最後に(文子を指して)それくらいの女の子と、つごう三人を助け出した。うまい具合に三人ともたんすの陰にかたまっていたのであった。ところが、悲鳴はまだきれぎれに聞こえるが、母親がどうしても見つからない。しかも火は刻々に迫って、黒い熱い煙が火の粉といっしょにもうもうとうず巻いてやってくる。彼も窒息しそうになった。仕方がないので、彼は子供たちをひきつれて、とにかく上野の森の中へ逃げこんだ。そこで彼はゆうべ子供たちといっしょに夜をあかしたが、彼はまた亀戸の留守宅がどうなったか、母と妹がどうしているかと思って、心配でろくろく寝られなかった。朝になってから、見るとそばに親切そうな年寄り夫婦が避難していたので、その人たちに訳を話して、三人の子供たちの世話をたのんだ。年寄りたちは子供たちをあわれがって、心よくひきうけてくれた。そこで彼はようやく、この日の昼ごろ、やっと家にもどりついたのであった。

「義夫がね」おたつは細い目をぱしぱしやって語りつづけた。「上野のまわりの店屋で、ミルクのかんを三つと、ビスケットをたくさん買って、子供たちに食べさせたんですって、ちょうど印刷代をまだ払わないで、ポケットに持っていたからよかったんですよ。でもね、わたしこれをきいて、義夫のやさしいこころ根がうれしくてうれしくて……」

そして母親はたらたらと涙を流しながら、なお語りつづけた。

「けさ上野の森をでる時も、三人の子供たちが義夫と離れたがらないで、泣いて泣いて大さわぎなので、困っちゃったと言ってましたよ。それでもね、やっぱり留守を心配して、ミルクかんを一つだけ持ってきてくれました。――ほら、いまこの娘さんの飲んでいるミルクがそれなんですよ」

そう言って、老女はおおかた空になったミルクかんを差して、ほほえんでみせた。

「いかにも川田君らしいなあ」中山は彼女の話をきいて、見かけはからだも労働者らしくがんじょうで、色が白く、近視ではあったが、精悍の気のみちた顔つきをした川田の中にかくされている特別なやさしさをあらためて見なおした気がして、急に片ひざをゆすぶって愉快そうに笑いだした。

中山は渡辺政之輔をとおして川田義夫と知り合った。川田は中山より五つ年下の二十二歳だったたし、中山を兄資分として心から信愛したが、頭脳の明敏さと理論的学習の深さでは、中山はとうてい川田に及ばないのを知って、この弟分を敬愛して、本当に兄弟らしい親交をむすんでいた。川田はもとは新潟県の貧農の息子で、教育としては小学校だけしか出ていなかった。彼は父とともに秋田県の椿鉱山から、さらに茨城県の日立鉱山へと渡り歩き、旋盤工となって働いていたが、十九の年に日立で首切り反対の争議に参加して山を追われた。この間に父が死んだ。彼は母と妹芳江を伴って東京に出てきた。そして、事務員になったり、工場で働いたり、一時は私立大学の夜間部にも通ったりしていたが、渡政と知ってからはもっぱら労働運動に身を投じた。そしてとりわけ中小企業の工場の多い葛飾方面を地盤にして活動していた。ひそかに地下の革命組織にもふかくつながっていて、一部の仲間の間では、近く川田は学習のために党から秘密裏にモスクワへ派遣されるらしい、といううわさが流れていることを、中山も小耳にはさんでいた。

「それにしても、よくこのがたがたの古家がつぶれなかったものだね。この近くにだって、ちょいちょいつぶれた家があったようだったが……」

そう言って中山がいぶかしげに家の中をぐるぐる見まわした。

「わたしのゴム工場もつぶれたのよ。死んだもの六人、ケガ人が何十人かでたわ。わたしは運よくぶじだったけど……」と芳江がこたえた。

この時カタカタ、カタカタとあたりの物が音をたてだした。そして光のないハダカ電球が宙でぶらん、ぶらんと大きくゆれ、壁土がパラパラッと音をたてて落ちてきた。

「あら、また地震よ。ちょっと大きいわ」と芳江が中腰になって不安そうにあたりを見回した。

文子がわっと泣き声をたてて飛び上がった。福田があわてて彼女を抱きとめた。地震はまもなくしずまった。

急に前の路次が騒がしくなった。バタバタと駆けてゆく数人の足音、殺気だった呼び声と叫び……

「たしかにこの路次へ逃げこんだんだ」

「畜生、逃がすもんか」

「そこいらに隠れているかも知れないぞ。一軒一軒のぞいて見ろ」

「隠まうやつはいっしょにやってしまえ」

「あそこに変なものが見えるぞ」

「そらっ」

またあわただしい乱れた足音。

六

飯をよばれたあとで、中山はひとりで二階へ上がって行った。二階の六畳は葛飾労働協会の事務所になっていて、いつもは二つの粗末なテーブルが向かい合いにおかれ、三つ四つの腰かけがおかれていたが、今はみんな片すみにつみあげられており、うすい敷ぶとんの上に古毛布をかけて川田が横になっていた。ここでローソクのほの暗いあかりがぼやぼやとゆれ動いていた。

川田は中山の顔を見ると、よろこばしそうに起き上がった。濃い長い髪が前額にばさばさと乱れかかっているのはいつもの通りだが、ひるま自警団員とケンカしてこわされてしまったと言って、メガネをかけていなかった。そのために濃い眉毛の下の黒い澄んだ目が妙に寂しく見えた。しかしとても元気で、朝鮮人の老婆に乱暴をしようとした自警団と大げんかして亀戸署へみんなにしょっぴいて行かれた顚末を、話してきかせた。その時どいつかに野球のバットで胸をガンとやられて、そのあとが痛むといって、眉をひそめてみせた。

「何ならちょっと医者に見てもらったらどうかね？　わるくすると、助骨にひびが入ってるかも知れんぜ」

山中が心配そうにそう口をはさんだ。

「なァに、たいしたことはないさ。それよりも、相変わらず、のべつ幕なしに地震で家がゆれているが、みんな前の草っ原で寝てた方がいいんじゃないかな？」

「さァね、おらァもう大丈夫だろうと思うけど、何なら大事をとって、年寄りと女たちは外で寝かす方がいいかも知れない」

そこへ北上が直木といっしょに二階へ上がってきた。北上も二十二の若者のくせにまるまるとふとった、血色のよい、明るい感じで、今も中山を見ると、さもうれしそうに親しみのこもった声でよびかけた。

「やァ、中山君、この騒ぎの中をよく出てこられたね。おれの手紙みてくれたかい」

「ああ、それをみて、すぐかけつけてきたって訳だが、こうなるともうストライキどころじゃないね」

「どうしてさ?」北上はちょっとけげんな顔をして中山をふり返ってみたが、すぐひどく興奮した口調でこうしゃべり出した。

「手紙にも書いといたと思うが、自転車製作所じゃとうとうやりやがったんだ。ちょうど地震の前の日に百八十八人の首切りを発表したんだよ。百八十八人と言や、製作所全部の半分だぜ。ひでえ事をしやがるじゃないか。首にされた連中は、さっそく集まって相談したんだが、みんなの希望はだね、たとえ賃金はへらされてもいいから、この際首切りだけは取り消してもらいたいというんだよ。何しろ、みんなあすから食えない連中ばかりだからね。そこで、組合からおれと、職工代表三人と、つまり四人でさ、きのうの朝麹町の本社へおしかけて行って重役に会い、首切りをとり消せっていうのできびしい交渉を始めた訳なんだ。ところへ、客間じゅうがぐらぐらっと来やがった。もう会議どころじゃない。あわてて亀戸まで引返してみると、工場は半くずれ、倉庫はまるつぶれで、近所の長屋までへし潰している仕末さ。もう現業者も失業者もあったもんじゃない。家をやられた連中は、おれがさしずして、みんな赤門寺へ避難させたんだ。それから製作所の所長に掛け合って、工場関係の避難者一同にいっせい炊出しをさせるようにしたよ。なあ川田、こんな時になると、警察なんてまったくだらしのねえもんだな。特高主任の蜂山の野郎がよう、ふだんあんなにいばってやがる癖に、避難者といっしょになって、寺の縁側にぽかんとすわってやがるんじゃねえか。おら、むかっとしたんで、おい蜂山、お前そんなにひまだったら、そこらの女たちといっしょに炊出しでも手伝ったらどうだい、と言ってやったさ。やつ、むっとして、おれをねめつけて、向こうへ行っちゃったよ、はっはっ」

「そいつあよかった」と言って、中山も愉快そうに笑った。

「もっとも、警察なんて当てにならんから、政府も戒厳令をしいて軍隊を出動させたんだろうさ。でも、何がカイゲンレイさ、その軍隊が先に立って、罪もない朝鮮人を、年寄りや女まで虐殺してるんじゃねえか。ふん、これが秩序の維持だってよう」

北上は憤慨のあまり、つばをとばしてしゃべり立てた。そのとき山中の陰の方から、いつも無口の直木がふいに低い声でこう言いだした。

「北上君、朝鮮人は本当に放火したり、爆弾を投げたりしているんじゃないだろうか」

「えっ、君は何だってそんなことを言うんだ？　そんな現場を見たとでもいうのか」

北上はちょっと凄味のある、恐ろしい顔つきを直木の方へふりむけて、詰問するような激しい語調でき返した。

「いや、むろんぼくはそんなとこ見ないさ。だけど、朝鮮人の立場になってみりゃ、国をうばわれて、かねて日本には深い恨みをいだいてるんだから、それくらいの事してもふしぎじゃないと思えるんでね……」

「とんでもない！」

北上は激しい勢いでどならんばかりのけんまくで言った。「おい、直木君よ、君まで血迷っちゃいけないよ。在日朝鮮人の諸君も、日本人と同様、こんどの天災でひどい目に会ってるんだ。彼らもわれわれと同様に家を焼かれ、猛火に追われて、命からがら逃げ回っているんだ。そういう彼らを、日本の軍隊と民衆は片っぱしから捕えて、殺そうとしてるんだ。だから、おれたちは何とかして朝鮮人を守ってやらなくちゃならない。日本の労働者の利益を守るばかりが労働運動者の能じゃないんだ」

「そのとおりだ」中山は急に真顔になり、ほとんど厳然として言った。「とくに朝鮮人労働者はもっともわれわれに近い兄弟だ。兄弟がわれわれのまわりでむざむざ殺されていくのを、黙視するわけにはいかないぞ。そんな事をしたら、日本の労働者の永久の恥だ。今後、世界の労働者に顔を合わせられないことになるじゃないか」

川田はさっきから両腕をくんで、ローソクのほの明かりの中で熱心に考えていた。いま彼の頭をいっぱいに占めていた問題は、昨日いらい家を失い、職を失った人びとをいかに救援するかであったが、今やさし当たって、いきなり法律の保護の外に放り出された気の毒な朝鮮人たちを、少しでも、どうして守ってやれるか、にかかっていた。彼はさっきもその問題で、近所の自警団と正面から衝突して、さんざん打たれ、けられたうえで警察へつき出された仕末だった。みんながすっかり毒のある流言に迷わされ、恐怖と憎悪に正気を失っているような群衆を相手にして、この際社会主義者はどんな風に行動したらいいか?

町から町へ、メガフォンをもって、自警団員がこんな風にどなって歩くのがたかだかと響いてきた。

「男たちはみな、手当たりしだいの武器をもって夜警に参加してください。われわれの町へ鮮人や悪い奴らのはいりこまぬように、みんな協力して夜警をつづけましょう。夜警は三時間交替でやりましょう」

この町の呼びかけにじっと耳を傾けていた川田は、その声が遠ざかるのを待つようにしばらく仲間たちの顔を見まわしていたが、やがて一種決然とした調子でこう言い出した。

「ようし、この際われわれはこぞって、自警団といっしょに夜警に参加しようじゃないか。みたところ、いまの鮮人狩りは、在郷軍人会と自警団が主になってやっているようだ。むろんわれわれはそんなけがれた仕事に手をかすことはできない。そうじゃなくて、われわれが夜警に参加するのは、いわば彼らの気違いじみた暴行をいろいろなやり方で阻止して、朝鮮の人たちを精いっぱい守ってやるためだ。やり方さえうまければ、ある程度効果をあげられると思うが、諸君、どうだろうか」

みんな賛成だった。中山も大いに賛成して意見をのべようとしたが、いきなりそばから北上に言葉を横どりされてしまった。北上はこう主張した。われわれの労働協会には少なくも五百人の会員がある。こんどの震災で大分ちりぢりになったろうが、この界隈だけでもまだ百人ぐらいは残っているだろう。この際、集会を開くわけにはいかないから、われわれはそれぞれ手分けして、何とかして労働者の会員諸君とできるだけひろく連絡をとることにしよう。そしてみんな町々の自警団に加わり、夜警に参加するよう、そしてあらゆる方法で朝鮮人にたいする迫害をやめさせるために必死で活動しよう、と呼びかけようじゃないか。

中山はこの主張にもむろん大賛成だった。ただ彼が今さらのように多少妙に感じたのは、いつも川田が考えぶかい顔つきで何か一つの提案をもちだすと、いつもきまって北上が川田の主張につよく共鳴し、その精力的な声をはってただちに支持と協力を声明するその態度であった。どちらにしても彼らは兄弟同士のような親密な間柄なので、それも当然なことではあったが、中山にはふっと、北上も川田といっしょに共産党の一味なのかも知れない、という疑いがわいた。むろん中山は、それをけしからぬことだなぞとは思わなかった。むしろ反対に、自分がずっと年上だのに、しかもいっしょに労働運動をやっている親しい間柄だのに、自分だけがその秘密組織から除外されているのが、ちょっと寂しい気がしたのだった。いずれは現在獄中にいる渡政あたりから自分も入党を求められるだろうし、その時は彼自身も勇躍して地下の組織に参加する決意は胸の底に秘めてはいたが……

そこへまた山田がやってきた。山田は地震の始まったとき川田といっしょに印刷所にいて、いっしょにとび出し、家にもどる途中ではなればなれになってしまい、今やっとここで顔を合わせたのであった。彼はもとは旋盤工で、まだ二十一歳、川田を助けて青年労働者の間で活動するのを任務としていた。この頃では、晩になると、柳島の市電の終点まじかで古本の夜店をひらいて、ひそかに赤いパンフレットや、革命的な文書を売りひろめていた。ユーモアに富んだ彼は、この夜店を半ば冗談らしく、「ああ、今晩もブックデーをやるか」という風に言っていた。

「ブックデーもなかなか面白いぜ。ある晩さ、六十ぐらいのご老人が前に立って、古本を一冊一冊手にとって念入りに見ているんだね。それがすごく熱心な風なので、旦那、赤い本はほしくありませんか、ってきいてみたんだ。するとご老人、じつはその赤い本を捜してるんだ、あったら売ってくれないかってわけさ。それでおら、さっそく赤い本を一冊出してやったら、ご老人それをぺらぺらとめくってみて、いかにもがっかりした様子で、いわくさ、これにゃ一枚も絵がはいってないじゃないか、長ったらしい文章なんかどうでもいいから彩色入りの絵のはいった枕草紙を見せろ、ってわけさ。こいつにはおれもまいっちゃってね……」

よくこんな話をして彼は仲間を笑わせていた。

北上はさっそく、山田にむかって、たった今ここで決定したこと、つまり、今夜から仲間はそれぞれ手わけをして夜警に参加し、震災被害者を救助するとともに、罪もない朝鮮人民への迫害に反対する活動を始めることになったのを、口早に報告した。むろん山田はそれに賛成したばかりでなく、すでに彼はひるまから自警団に参加して働いていたこと、今晩もここへくるまで夜警にでていたのだと話した。そしてこれからもみんなで町へ出かけようと言いだした。こうして、北上と山田の二人が、組合員仲間に一人でも多く大急ぎで連絡するために、まず出かけて行った。そして川田、直木、中山の三人が、とりあえず交替でこの町の夜警に参加することになった。

七

中山と川田が夜警のために出かけようとすると、福田もいっしょに行きたいと言いだした。ちょうどその時文子が目をさまして、ぐずり出したので、中山はそれを理由にして福田を思いとまらせた。

暗い狭い入り口の土間で、自分の靴を捜しながら中山が言った。

「さっき、何でも武器をもって出ろって呼んでたね。ステッキでも持つか」

「ふん、武器なぞもち出して何をしようというのさ。革命じゃあるまいし、ぼくは素手でたくさんだ」と川田は言って、一歩外へふみ出した。

「まったくだ。おれも何も持たない」と言いながら中山も彼につづいた。

燭台を手にした母親が、上がり口に立って、しわ深いやつれた顔をローソクの光の中に影ふかく浮き出させながら、息子によびかけた。「義夫や、みんながひどく気が立ってるんだから、けんかなぞしないように気をつけておくれ」

　これもローソクの明かりで台所でがちゃがちゃ食器を洗っていた芳江もかん高い声で言った。「兄さん、朝鮮人を助けようとして半殺しにされたひともあるってから、ようく気をつけてね」

「ぼく子供じゃないから、みんなよけいな心配しなくっていいよ。それよりかあちゃんは、みんなといっしょに今夜も前の空地で寝た方がいいんじゃないかな」

「川田君にはおれがついているから」中山はそう言って、母親と妹に外からたのもしげに笑ってみせた。そして二人はやみの中へ出て行った。

　おたつは小さい棚の上に燭台をおいて、破れ畳の上にぺたりとすわった。背をまげて、半白の頭を垂れた姿は、急にひどく老けて、しょんぼりしたものに見えた。膝のわきに古びたうちわを握っていたが、もはや蚊を追おうともしなかった。彼女はだれにともなく、半ばひとり言のように低い声でつぶやいた。

「どうも義夫のことが心配になってならん。あの子はあんまり気がやさしすぎる。小さい時からそうだった。浦島太郎じゃないけれど、子供たちがカメをいじめているのを見ると、わしにゼニをねだって、それでカメを買いとって、逃がしたもんだ。どうしても情のふかい人間は、それだけ余計に苦労もするし、割のあわぬ辛い思いもするにきまっているからね……」

　このとき路次内がまたもや急にそうぞうしくなった。大勢のあわただしい乱れた足音がして、それが川田の家の前までくるとぴたりと止まった。そして入り口の格子戸のすき間からこそこそ中をのぞいている様子だった。

「やつら、いねえじゃないか」

「ついさっきまで七、八人もいて、さかんに議論してたんだ。おら確かにこの目で見たんだ」

「暴動の密議をやってたんだな、きっと」

「早く警察へ知らせた方がいいぜ」

「あの若い女は何だい。べっぴんじゃねえか」

「川田の妹よ。ゴム会社の女工さ」

「悪くねえなァ」

芳江はこれをみんな耳にした。彼女は暗がりの玄関まで出てきて、外にむかってかん高い声でどなりつけた。

「あんたたち、用があるんなら、堂々とうちへはいったらどうだい、こそ泥みたいに、こそこそ外からのぞいたりしないでさ」

表のひそひそ声がぴたりとやんだ。そしてそろそろ引き揚げてゆくけはいだった。と思うと、二、三間離れたところで、いっせいに大声でどなりだした。

「社会主義者は国賊だァ！」

「社会主義者をやってしまえ！」

「やつら鮮人どもをけしかけて、暴動を起そうとしてるぞ」

八

三日の朝、福田は家の上がり口のところで、文子をそばにおいて、芳江が近所から借りてきてくれた絵本をよんでやっていた。微弱ながら大地の震動は相変わらず小止みなしにつづいていて、少しでも強くなると、戸障子がコトコトと音をたてた。しかし文子はもうそれにもなれて、そのたびにとび上がったり泣いたりはしなくなっていた。

川田も中山も前夜出かけたままもどってこなかった。直木、北上はけさ早くここへ顔を見せたが、すぐまたどこかへ行ってしまった。そこへ、紺の腹がけに股引をはいた、職人の風体をした三十六、七の男がにゅっと顔をだした。色はあさぐろく、目はぎょろりとして、チョビひげをはやした、見るからひと癖ありげな顔つきだった。彼は福田を見て何か言いそうにしたが、その前に芳江がこの男を見つけて声をかけた。

「あら、吉沢さんだわ。お久しぶりね。あなたもご無事で、けっこうでしたわ」

「おい、中山君がやられてるんだが、知ってるかね？」

吉沢がひどくせきこんだ口調でいきなりこう言った。

「えっ、中山さんが？　わたしたち何にもきいてませんけど……」

吉沢はおちつかない顔つきで早口にこう話した。彼はもともとアナーキストとして葛飾地区ではかなり顔を知られており、自由労働者同盟なぞを組織して、ストライキのあるところ、どこへでも応援に出かけていた。こんども一日の晩以来、彼は自分の家をつぶされてしまい、一人の妹の行くえさえ分からないのに、町内の罹災民たちの救援のために、ほとんどひとりであちこち駆け回った。けさも彼は罹災者への配給米の件で役場へ交渉に行こうと思って、たまたま香取神社の境内を通りかかったところ、朝鮮人の男女が百人あまり、庭先にじゅずつなぎにされていた。何げなく見ると、その中に顔なじみの中山がいっしょに縛られているのを見て、彼はおどろいた。彼はさっそく、すぐそばにある戒厳部隊の事務所へ寄って、中山がまちがいなく日本人であり、一個のまじめな労働者にすぎないことを説明して、すぐ釈放してもらいたいと要求した。軍曹か伍長か、とにかく一人の古参兵らしい口ひげのあるのが、役場の証明書さえ持ってきたら、すぐにでも釈放してやると返答した。そこで、吉沢はすぐ焼け残った役場へかけつけた。そして事情をうったえて、無実の日本人を助けるために、ぜひ中山の身分証明を書いてやってくれと、頭をなすりつけんばかりにして頼みこんだ。役場では何にも分からんから、君たちがその男を証明してやったら良いだろうと冷やかに答えるだけで、とり合おうともしなかった。やむをえぬから、彼はまた戒厳部隊へひき返して、改めて中山君の釈放を願ってみた。「こんどは若い将校が応待にでて、これからよく調べてみて、事情が判明ししだい釈放しようということだった。それでおれも一応引きさがってきたんだが、とりあえずこの事を川田君たちに知らせておこうと思ってね……」

「何があったんでしょうか」福田は心配のあまり、思わずこう聞いてみた。

「どうやら朝鮮人を助けだそうとして、あべこべに自警団にやられたらしいね。大分やられたとみえて、頭にも顔にもひどいケガをしているようだった」

それだけ話すと、吉沢はさも忙しげにあたふた帰って行った。

昼ちかく、川田と北上がつれだってもどってきた。そして妹の口から、中山が軍隊に逮捕されたという知らせをきくと、非常におどろいて、二階へ上がって二人きりでいろいろ相談していた。そして大急ぎで飯をくうと、二人はまたどこへとも言わずに、緊張した顔つきで出かけて行った。むろん中山の釈放要求の手配をするためであった。

福田は中山にさそわれるままに、文子といっしょにここへ来て厄介になっていたものの、その中山がふいにいなくなったので、少なからず当惑した。この上いつまでもここに厄介になっているのは非常に心苦しかった。そこで、彼は半日だけ文子をこの家にあずけておいて、とりあえず午後から深川方面のもようを見に行って来ようと思いついた。むろん、彼のいた工場はあとかたもなく焼けうせているに違いないが、もしかすると、その焼け跡に親方のたちのき先が表示してあるかも知れない。親方の方では文子の行くえを血まなこで捜しているはずだから。ところが、午後から空がかき曇って、しとしと冷たい雨が降り出した。さらに芳江が、大火はどうやら下火になったらしいが、いたるところで不穏な鮮人狩りが行なわれていて非常に危険だからといって、彼の下町ゆきに反対した。母親も同じ意見だった。福田もその後の中山の成りゆきも確かめたかったので、もう一日か二日の間、ここで厄介になっていようと腹をきめた。そして芳江が米屋からやっと手に入れてきた玄米を、少しずつ一升徳利の中へ入れ、棒で突っついて精白する作業をひきうけた。文子も彼のそばにいて、絵本をみて遊びながら、ときどき玄米つきを手つだった。

東京の下町の大部分と山の手の一部を焼野原にしてしまった大火災も、三日の午前中にはおおかた静まってきた。そして亀戸一帯の町々も、これでどうやら焼け残って、みんなが助かったというものだった。ところが、この時分になると、東京の災害が想像以上にひどいことがぽつぽつ分かってきた。両国の被服廠跡では、そこへ避難した二万人ばかりが猛火に包囲されて全員が焼死した。隅田川ではあらゆる橋が焼け落ちた、そして川面は溺れ死んだ男女のむくんだ死骸でいちめんにおおわれている。吉原の遊廓でも、逃げおくれて火に包まれた何百人かの遊女が、あそこの弁天池で折り重なって死んでいる。横浜、鎌倉、さらに千葉、房州方面の被害の甚大なことも、避難者たちの無数の口をとおしてつぎつぎ伝えられてきた……

川田の家には相変わらず、いろいろな人たちがのべつ出入りしていた。ここが労働組合の事務所になっていたせいでもあるが、また川田とその家族たちがいかに多くの人たちから親しまれているかを示す証拠でもあった。川田はほとんど家をあけていたので、応接にあたるのはたいてい母親か芳江であった。母親がだれにたいしてもあいそがよく、ていねいだったのに反して、芳江はややぶっきらぼうで、つけつけ物を言ったが、根は親切で、思いやりが深かった。芳江は自分で役場へ出かけてゆき、係の役員と談判して、罹災者の救援米として玄米の相当量の配給をかちとってきた。さっそくそれで多数の握り飯をこしらえ、立ち寄るほどの若い人たちに、きっと一つか、二つぐらい食べさせてやった。

「さ、遠慮なくたべなさいよ」とおたつがそばで口をそえる、「こんな災難の時は、みんなお互いさまですからね。ただ玄米で、たべにくいのが難だけど……」

たいてい彼らは夜警その他でろくに眠っていなかったので、ここで飯をよばれたあと、そこらでごろっと横になって、一、二時間ひるねをしてからたち去るのであった。

夕ちかくなって、川田が北上、山田とつれだってもどってきた、川田は警察、戒厳部隊なぞを回って必死の掛け合をやってみたが、ついに中山の釈放に成功しなかった。それどころか、中山の外にも組合関係の若い労働者が何人か、朝鮮人といっしょに検挙されているらしい情報を耳に入れて、彼らは暗い、考えこんだ顔をしていた。彼らはさっそくちゃぶ台を囲んで、芳江がもち出した玄米の握り飯をむさぼるように食っていたが、それまで黙っていた川田が、額の上に垂れかかる濃い長い髪を片手でかきあげながら、声をひそめてこう言いだした。

「じつはおれ、大いに気にかかることがあるんだ。さっき亀戸署へでかけて行った時にさ、蜂山刑事がおれに向かってこんな話をしたんだよ。ゆうべ市ガ谷監獄で、収容中の共産党の幹部たちが、囚人どもを扇動して暴動をおこしかけた。やむをえず、軍隊が出動して、共産党のやつらを一人残さず銃殺した、というわけさ。まさか、そんなバカなことはあるはずがないと思うんだがね……」

「むろんデマだよ、流言の一種だよ。あそこにゃ渡政がひかえているんだ。そうでなくとも、共産党がそんな……」

山田がそう言いかけると、こんどは北上がいそいで口をはさんだ。

「そう言や、おれもさっき町で蜂山にであったんだがね、あの野郎、おれの顔を見ると急ににたにたしながら近づいてきて、こう言やがったよ、――おい、北上、お前らいつも資本主義がどうの、革命がどうのと、でかいホラばかり吹いてやがるが、こんなごたごたの中で、どうして何にもしないでぶらぶらしてるんだよ、今こそ暴動をおこして革命をやらなくちゃダメじゃないか、って」

「ふむ、まちがいなくおれたちを挑発してるんだな」

川田はほとんど癖のように、額に垂れかかる髪をかきあげながら、考えぶかい顔つきで言った。

「たしかに、そうだな」山田も言った。

「だとすると、おれたちもうっかり敵の挑発にのらないように、よほど慎重に行動しなきゃならないわけだね。たとえば、夜警にはこれからも積極的に参加しなくちゃならんが、鮮人迫害をやめさせる場合でも、うっかり革命的な言葉など口から出さないように注意した方がいいし、それから……」

　そこへ直木がとびこんできた。彼は彼らのそばに立ったまま、握り飯を一つ手にとってむしゃむしゃ頬ばりながら、いま自警団の連中が話し合っているのを聞いてきたと言って、亀戸警察署の演武所の中だけでも朝鮮人がすでに三百人以上検挙されていること、中には中国人も日本人もいくらかまじっていること、おそらく今夜あたり彼らをみんな軍隊に引き渡して、いっせい処分してしまう手筈だということなぞをつたえた。

「ふむ」と川田はうなるように言った、「きのうからの流言といい、鮮人狩りといい、こりゃ明らかに政府の計画的な陰謀だね。政府は数年前に朝鮮でおこった万歳事件の恐怖を忘れちゃいないし、いま震災のどさくさの中で彼らに何かやられちゃ大変だというので、おびえきってるに違いない。だから、それを予防すると同時に、天災で度を失った民衆の憤激を鮮人狩りの方へそらせてしまうこともできようって訳で、一石二鳥をねらってるんだ」

　みんなはちょっと黙った。芳江が彼らの中へわりこんできて、しばらく兄や北上の顔を見つめていたが、突然低い声でこう言った。

「ねえ、北上さんも、兄さんも、あんたたち一時どこかへ姿を隠した方がいいんじゃないかしら？」

「いや、おれはとにかく」と北上は川田の顔をふり返って、「川田君はしばらく、どこか田舎の方へ行ってる方がいいんじゃないかな。警察の奴らは、——とりわけ蜂山なんかは、——日ごろ川田君の動きに特別注意をはらって、一挙一動を監視してるんだからね……」

「うむ、でも、おれはきのうも警察に留置されていたんだし、さっきだって中山君のことで警察に行ってたんだろ。もしおれを逮捕する気なら、いつだってできるわけさ。だいいち折角留置してたおれを、何でもなく釈放してよこすはずがないじゃないか。中山君を釈放しないでおいて、おれをせっせと帰してよこすなんて、ちょっと変だけどさ。もうしばらく町内の人たちと夜警をしながら、形勢を見ることにしようよ」

川田は期するところありげにそう言って仲間たちの顔を見まわした。だれもこれ以上潜行を主張するものはなかった。ところが、山田がふいにこう言いだした。

「あ、おれ話すのすっかり忘れてたがね、さっき通りで吉沢さんに出会ったよ。鮮人狩りにすっかり憤激しててね、これから警察へ談判に出かけるとこだと言って、すごく意気ごんでいたよ。吉沢さんはアナだし、おれたちをボルで、権力主義なんて悪口するけど、やっぱり純情な、良い人だね。おれは好きだよ。それで、おれたちは自警団ともいっしょに夜警にでて、朝鮮人もわれわれと同じ罹災者なんだから大いに救援すべきだと宣伝することにしたと話したら、吉沢さん、とても喜んでね、この際おれも君たちと手をくんで、いっしょに活動しようと言ってくれてた。いずれ今夜にでもここに相談にきたいと言ってたよ」

「そうか、そいつァありがたい」 川田は細い目をきらりと輝かせて、満足そうに言った。「こんな時にアナだ、ボルだで縄ばり争いでもあるまいさ。罪のないものが、しかも何百という大勢がむざむざ殺されかかっているのを、知らぬ顔でそっぽを向いていても良いものかどうかって、人道上の問題だからね。自警団の連中にだって、この単純な道理を分からせられないという法はないよ。大いにがんばろうじゃないか」

九

しとしとと降り出した雨の中に震災三日目の夜がおとずれた。前夜までのように、空いっぱいにひろがった、血のような、はでな夕やけのような大火の反映はもはや見えなかったが、なおあちこちの空にうす赤い、雨ににじんだような火あかりがぼんやり見えていた。大都会の火葬は終わりつつあった。そのかわり新たな血の洗礼が始まろうとしていた。先の白っぽく光る銃剣をかまえた兵士たちは、戒厳令下の焼け残った町々の要所要所を固めて、暗がりの中に黒い彫像のようにすっくと突っ立っていた。町の入り口や交差点は、自警団によって幾重にも縄ばりをされ、通行人の一人一人がきびしく点検され、とくに日本人かどうかを確かめられた。同時に夜警と称して、竹刀や、梶棒や、竹槍を手にした男どもが五、六人ずつ群れをなして、口々にわめき立てながら、通りから路次裏までたえまなく巡回していた。この地区から潜入したと予想される「怪しいもの」を狩りだすのが目的で、じっさいに猛烈な疑心のためにいたるところで怪しい物の姿を見つけて大騒ぎを演じていたが、これこそまさに百鬼夜行という言葉のそっくりあてはまるような、物騒な、奇怪な光景であった。

芳江がちょっとした用事があって、つい近くの知り合いの所へ出かけて行った。まもなくもどってきたが、途中で何か恐ろしい目にでも会ったかのように、顔色をかえ、息をはずませて母親にこう語った。

「わたし帰りかけたら、暗がりの向こうからぶきみな日本刀を抜き身でぶらさげた男がふらふらやってきたの。わたしわざっと目にはいらない風をして、そばをすっとすりぬけようとしたら、その男がわたしを見て、急になれなれしい様子でそばへ寄ってくるじゃないの。（今晩は。大変なことになりましたね。おかあさんもお変わりありませんか）だって。これでみると、男の人はどうやら知り合いらしいんだけど、わたしにはだれだか思い出せないの。通行人のもち歩く提灯の明かりでそれとなく相手の顔を見ると、たしかにどこかで見たことがあるような気もするんだけど、どうしても分からない。そのうち、はっと気がついたんだけど、その男は外でもない、ほら、一町先の豆腐屋のおやじさんじゃないの。あのおやじさんなら何年も同じ町内に住んでいるんだし、お互い知ってるどころじゃないのに、どうしてもわたしには見わけがつかなかったの。それほどおやじさんの人相が一ふだんと変わってしまっていたの。目はつり上がってものすごく光っているし、顔も何ともいえない殺気をおびているし、いつも目尻をさげてにこにこしている、あいその良い豆腐屋のおやじさんとはとても同じ人間とは思えなかったわ。やっぱし、恐ろしい流言のためにみんなの頭が転倒して、正気を失って、みんなの人相までが一変してしまったのね。それを思うと、わたし何だか急に恐ろしくなってしまったわ」

宵のうち、福田は文子を母親にあずけておいて、直木と二人で夜警に出かけて行った。ゆうべはまだ大地ものべつ揺れていたし、屋外へ家財をもち出して空地で寝ているものもかなり多かったが、雨が降り出した今晩は家財とともに空地で夜をあかそうとする人々の姿も見えず、怪しいものも出てこないので、自警団もわりあい気勢があがらなかった。そこで直木と福田は二時間あまり雨の中を歩きまわってから宿へもどった。そしてこんどは山田と北上の二人が、破れたレインコートを頭からひっかぶって、交替で夜警に出て行った。その後で階下の茶の間の青い破れ蚊帳の中で、福田は文子といっしょに、おたつ、芳江たちと枕を並べて横になった。

そのまま福田はぐっすり眠りこんだ。それでもいちど、夢うつつの中で、田中たちが夜警からもどってきたらしい物音をきいたと思った。山田らは階段を踏み鳴らして上って行ったと思うと、「おい、川田、起きないか、交替だよ」と呼んでいるのが耳にはいってきた。しかし、福田はまた、そのまま深く眠りこんだに違いなかった。

深く眠りこんだと言っても、非常の時だったので、神経が過敏になっていたのは言うまでもない。

あわただしい、ただならぬ物音とざわめきを感じて、福田は急にはっきりと目をさました。彼の目にはつぎはぎの多い青蚊帳ごしに、渋色の弓張り提灯や丸提灯をもち、帽子のあごひもをかけ、黒いゲートルをまいた白服の巡査が二、三人、ぺったりとすわったままのおたつと芳江をとりまいて、泥靴のままで立ちはだかっているのが見えた。

「何だ、蚊帳の中にまだ何人かいるじゃないか」一人の巡査が丸提灯をかざして蚊帳の中をのぞきこんだ。

「罹災者の子供たちですよ。組合とは何の関係もありません」

きっぱりとそう言いきった芳江は、あきらかに福田らを事件のまきぞえにさせないように努めているのだった。それで、すぐにも飛びおきて蚊帳を出そうになった福田も、しばらくはそのまま動かないでじっとしていた。

二階がたえずミシミシ鳴る。しかし地震のためではなく、何人かの人間が入り乱れて畳をふんづけているのだ。同時に、乱暴にののしり合う男たちの声にまじって、時々ぶっつかり合うような物音がドシン、ドシンと重くひびく。いつのまにか警察の連中が土足のまま二階へ押し上がって、そこに泊まりこんでいた川田ほか五人の労働者を逮捕しようとしているのだった。まもなく提灯を手にした巡査が二、三人、ドサンドサンと荒々しい泥靴の音をさせて狭い階段を一列でおりてきた。つづいて手錠をかけられた若い労働者たちが、巡査や刑事につきそわれてつぎつぎおりてきた。北上、山田、直木、そのほか宵にふらりとやってきて、雨傘がないためにたまたま泊まり合わせた、顔みしりではあるが、労働者運動とは何の関係もないような人たちも一人か二人まじっていた。川田もやはり手錠をかけられ、背広を着た杉本刑事につきそわれて最後に二階からおりてきた。

　階下にいた巡査どもは、この間に表に出て、表を張っていた連中といっしょになって、近所から集まってきた自警団や見物人の群れを制しにかかった。おたつはすわりこんだまま泣いていたが、芳江は兄の姿を見ると、杉本刑事にむかって、ほとんどヒステリックな調子でわめき出した。

「めちゃくちゃだわ。乱暴にもほどがあるわ。いくら警察だからって、夜中にどかどかとやってきて、泥足で上がりこんで、夜警にでて疲れて寝ているものを片っぱしからたたき起こして、何の理由も言わないで、そのままひっくくって連れて行くなんて。これじゃまるで人さらいもおんなじよ。警察が人さらいするなんて、そんな事あっていいもんですかっ」

「うるさいっ、公務妨害すると、きさまもいっしょにひっくくって連れて行くぞ」　杉本はムキになってどなりつけた。

「ええ、結構だわ。わたしもいっしょに連れてってくださいよ。あんたらが、この罪のない人たちをどんな風に扱うか、わたしこの目でちゃんと見とどけたいんだから」

「芳江」　川田は靴をつっかけて土間へおり立ちながら、一種おごそかな声でよびかけた、「何にもあわてることはない。お前は家にいて、かあちゃんの世話をよくみてあげなさい」

福田もいつか寝床からとび起きて、芳江のうしろに立ってこの場の光景をながめていた。彼には眼前に行なわれていることが何もかも突飛で、いったい何事が起ころうとしているのかさっぱり見当がつかなかった。この時杉本刑事がふっと福田に目をとめて、どぎつい声でとがめた。

「きさまは何者だっ？」

「深川で焼け出されて、子供をつれてここへ避難してるものです」

「よし、きさまもいっしょだ」刑事がそう言うと、そばにいた別の若い刑事がいきなり福田にとびかかって、たちまち手錠をかけてしまった。

「縛られてちゃ靴がはけないじゃないか」だれかが暗がりの土間で、足ではき物を捜しながらそうぼやいている声がした。

福田は巡査につき出されて外へ出たが、見ると検挙されたものは、彼のほかに五、六人いるのが分かった。あの家にこんなに多人数が一時に泊まりこんでいたのを知って、彼もいささかおどろいた。巡査部長の制服を着た年輩の警官が先に立ち、二人の刑事と巡査どもが被逮捕者の群れを厳重にとりまいて、しょぼしょぼ小雨のふる中をもくもくと歩き出した。自警団と野次馬の群れが、半ば一行をとり囲むようにしてぞろぞろついて歩いた。竹刀や棍棒をふり回すもの、竹槍をかつぐもの、肩章なしの軍服を着たもの、はんてんを着てねじ鉢巻をした若者なぞ、彼らはこの国賊どもを警官隊から自分たちの手に奪いとって、私刑を加えようと良いチャンスをねらっているかのようであった。

「赤の奴らだ！」

「鮮人のグルだ、国賊どもだ！」

「この場でやってしまえ！」

じっさい殺気だった彼らは、労働者たちを悪罵するだけでがまんしていなかった。竹刀で頭や肩をしたたかなぐられたものもいたし、福田なぞも包帯をとったばかりの後頭部を、また傷がひらいてひどく痛みだしたほど、棍棒でやられた。中にはかなり大きな石を、頭をめがけて投げつける奴もいた。しかし巡査らは、ある意味で彼らを恐れていたので、少しも制止しようとしなかった。今や川田らにとっては、一歩一歩がゴルゴダへの道——受難の道だった。警察署へつくまで、はたしてみんな無事でいられるかどうか、それさえ心もとなく感じられた。やがて亀戸警察署の建物が雨とやみをとおして見えてきた時、川田らは、これでどうやら最悪の危険からのがれることができたと思って、ちょっと安堵の息をしたものだった。

警察署のまん前に、狭い通りをへだてて、郵便局の古めかしい二階だての建物がたっていた。玄関の出入口には、つるしてあるまるい大きな赤い提灯が暗い街路にぼんやりした光を投げている。そのかげに、銃剣をもった武装した二人の兵士が立って、いかにも重大任務のために押しひしがれ、硬直してしまったような態度で人々の往来をほとんどまじろぎもせずに見張っている。局の中には、窓ガラスごしに何本かの大小のローソクがちらちらと燃えている、そして部下に命令を下しているらしい将校のいかめしい髭づらや、デクのように器械的に動きまわる目のつり上がったまっくろな下士官の顔なぞが照らし出されて、内部の緊張ぶりとあわただしさが察しられた。習志野騎兵第十三連隊の戒厳司令部がここにおかれていたのだ。まさかこれが、朝鮮人と社会主義者の大量虐殺の指導部であり、下手人どもの巣であろうとは、この時にはまだだれも予想しなかった。

十

杉本刑事が先に立って、泥だらけの階段を上り、川田らをひとまず二階へ連れて上がった。杉本はまず自分だけ刑事室にはいって行った。まもなく出てきたが、彼らを中へ入れようとしないで、横の暗い廊下に待たせておいた。五分ばかりすると、刑事室のドアが内から開いて、若い騎兵将校が二人、いずれも長い剣を握り、長靴の拍車を鳴らしながら、早足で階段をおりて行った。将校たちは明らかに何か重大な用件で警察側と打合せをするために来ていたものに違いなかった。

この後で川田たち七人は刑事室へ入れられた。部屋は暗く、蜂山主任の緑色の羅紗をはったテーブルの上に裸ろうそくが一本だけ、ちらちら燃えていた。坊主頭で入道じみた大男の蜂山が、巡査どもにつきそわれて、手錠のままでテーブルの前に立たされた川田らを、暗い、毒毒しい目つきでぎろりとひと渡り見まわした。そしてしばらくは前歯で下唇をかんでいるだけで、何も言わなかった。と思うと、彼はすぐ目をおとして、小さい帳面をひらいた。そして、川田から順ぐりに、彼らの氏名、年齢、住所、職業をきいて、ろうそくのちらつく光のかげで、ペンでそれに書きつけた。この間、彼はほとんど被検束者の顔を見ず、またそれ以外の事を何ひとつきこうとしなかった。最後に福田の番がきて、彼が年は十六だと答えると、蜂山は顔をあげて、ぎろりと目をあげて、おどかすように太い声で言った。

「なに、十六だ？　きさまが？　そんなうそでおれたちをだませると思うのか」

「うそなぞつきません。うそだと思われるんなら、戸籍を調べてください」　福田はひどく興奮して、自分の生年月日をくり返した。

杉本刑事がそばからきめつけるように、

「きさまのずう体からみたら、二十歳《はたち》以下とは見えんぞ」

「ええ、ぼくは人からよくそう言われるんです。でも、本当に十六なんです、どうか深川の区役所へ電話して、戸籍を調べてください。すぐに分かるんだから」

「電話だって？」　蜂山はちょっと毒々しいせせら笑いをもらした、「馬鹿野郎、この焼け野原の東京のどこに電話があるんだよ。それに、深川の区役所も焼けちゃったよ。きさまが十六だろうと、二十五だろうと、こっちに取っちゃ同じ事だ。おい、みんなぶちこんどけ」

そこで彼らはまた杉本刑事に連れられて、階段を下り、どかどかと留置場へ行った。留置場の入り口に巡査と刑事が三、四人かたまっていた。留置場のくぎられた幾つかの狭い房は、まん中の狭い廊下で両側から向かい合っていた。鉄格子と金網でふさがれそれぞれの房は、ほとんど朝鮮人労働者でいっぱいだった。中には少数の中国人もまじっていた。彼らは折り重なるように金網につかまって、新入りの連中をながめていた。提灯のうす明かりで照らされた泥だらけの廊下には、汗や、肌や、衣類のむかむかさせるような悪臭にまじって、便所のにおいが濃く、重くみなぎっていた。帽子のあごひもをかけ、黒いゲートルをまいた看守巡査が二人、非常に緊張した様子で、サーベルをがちゃつかせ、靴音をひびかせて小さい廊下をただ行ったり来たりしながら、それぞれの房の中をきびしく監視していた。

川田らはここで始めて手錠をはずされた。

ガチャ、ガチャ、ガチャン……

看守の一人が、留置場じゅうにひびき渡る恐ろしいカギの音を立てて、一つの房の低い戸をあけた。

「そんなにみんな前へ寄るんじゃない。もっと奥へつめろ。だれだ、そこで足をのばしてる奴は？立て、立て、みんな立ってろ！」

看守は内へむかってどなりながら、川田らを一人一人低い戸の間から房の中へ押しこんだ。そして七人をいくつかの房へわけて入れると、再びパタンと戸をしめて、例のすさまじい音といっしょにカギをかけてしまった。

福田はブタ箱入りはこんどが初めてだった。みんな突っ立っていても、なお息苦しいまでにぎっしり人で押し合った房の中で、彼はしばらくぼんやりしていた。見ると、向かい側の房で、金網におしつけた二、三人の日本人らしい顔が、こちらの川田と北上にけんめいに呼びかけている。その中に中山の顔があった。福田は思わずまわりの朝鮮人を押しわけ、金網に顔を寄せて声高に叫びたてた。

「中山さん、中山さん！」

中山はすぐに福田に気がついた。

「おう、吉公、お前まで連れてこられたのか」

「しゃべっちゃいかん。さっきからしゃべっちゃいかんと言ってるのが聞こえんのか、ばか野郎……」看守の一人が廊下のまん中に突っ立って、まわりを見まわしてかんしゃく声でどなった。

「待ってろ、今にみんなぶっ殺してやるからな」もう一人の看守も、恐ろしいけんまくで、留置場じゅうにひびきわたる声でどなった。

ちょっとの間しずかになった。廊下の入り口のところで若い刑事と巡査がこんな事を話し合っていた。

「演武場だけに半島人が三百人以上いるんだ」

「二階だってもういっぱいだろう」

「そうさ、これ以上もう収容場所がないよ」

「ぼつぼつ片づけて行くんだな」

二

廊下の上の、三十年以上たったかと思われる、古びきった、六角型の柱時計が十二時を打ってまもないころ、ふいに銃声が起こった。あまり近くだったので、留置場がびりりとふるえた程である。あたりが急にしいんとなった。二人の看守もそれぞれの場所で思わず立ちすくんでしまい、廊下に釘づけになったように見えた。

銃声はさらに五、六発つづいた。相変わらず外庭で撃っているようにちかぢかとひびいた。

「あの音は何だろう？」若い朝鮮人がふるえを帯びた低い声でささやくように福田にきいた。

「鉄砲らしいね」

「だれかを殺してるんでしょうか」

「まさか」福田は実際に、まさかと思ったのだ。しかしそう答えたあとで、彼は急にひどく不安になってきた。

銃声はひきつづいて鳴っていた。もう数十発できかなかった。雨の降るやみの中でどんな事が行なわれているか、だれにもはっきり分からなかった。しかし、ともあれ、何かひどく重大な、厳粛な大事が起こりつつあることは、だれにもほぼ予感された。

ひとつの房から、言いがたく悲壮な、沈痛な声がひびいてきた。見ると、吉沢だった。彼も一時間ばかり前、自分の家で町内の夜警にでかけようとしているところを、いきなり検挙されたのだった。彼はやはり腹がけに股引ばきの職人風をしていた。彼はチョビひげのある、青白い顔を金網に寄せて、みんなにむかって何事かをよびかけようとしていた。

「おれたちは死ぬことなぞ恐れはしない」吉沢は声を高めて言った。「殺されるのが恐ろしかったら、初めっから革命家になぞなりはしない。ただ、残念なのは、この目で革命が勝利するのを見ないで死んでゆくことだ。しかし同志諸君、革命は近いぞ。それはもういたるところで始まってるんだ。諸君はおれたちの屍を乗りこえて、勝利に向かって突き進んでくれ！」

パン、パァン、パン、パン、パァン

福田の房では、川田が北上を相手にして、しかも明らかにまわりの一同にきいてもらうために、熱情のこもった、せつせつとした口調でこう言っていた。

「朝鮮人が何で放火なぞするものか。彼らが一人残らず、絶対に罪のないことをおれは確信している。罪のあるのは、流言をとばせて彼らをひっ捕えたものなんだ。おれたち社会主義者も絶対に罪がない。やはり罪のあるのは、デマを放って、おれたちをひっ捕えたものだ。そいつらこそ厳重に処罰するがいい」

「ブールジョアはすっかり血迷っている、正気を失っている」北上が大きな声で叫ぶように言った。

「だが、あいつらは階級本能で、いざという時の一番恐ろしい敵は日本の労働者と、朝鮮人だということをよく知ってるんだ。だからこそ、労働運動者と朝鮮人が共謀して暴動をたくらんでるなぞと流言を飛ばしてるのだ。そうだ、今はあくまでデマだ。だが、やがてこいつが事実になる時がくるだろう。その時日本の支配階級が、まっさおになって、がたがたふるえて、おれたちの前に両手をついて命乞いをするだろうよ。きっとそういう時がくるぞ、諸君」

「おれたちはある意味でぬかっていたのだ」川田はいかにも無念でならないという調子で、皆に訴えるのであった。「ここには日本人労働者と、朝鮮人がこんなにたくさんいっしょくたに放りこまれている。敵はわれわれをすっかり一味と見ているんだ。じっさい敵にはそう考えて警戒する理由があるんだ。ところが、おれたちは朝鮮人の諸君と共同して、自分たちを守るたたかいを何もやらなかった。何もやらないままに、おれたちはいま、朝鮮の諸君といっしょに捕えられて、いっしょに殺されようとしているんだ。いわば、おれたちは敵に先回りされたんだ。朝鮮の兄弟諸君、おれたちはもっと早く手を握り合うべきだったのだ。もしこの中に一人でも生き残るものがあったら、この事を外の兄弟や同志につたえてくれ」

パン、パァン、パァン、まじかな銃声はひっきりなしに留置場の建物をふるわせた。

向かいの房の中から、ふいに中山が赤旗の歌をうたい出した。

来たれ　牢獄　絞首台
これ告別の歌ぞ
高く立て　赤旗を
そのかげに誓死せん
卑怯もの　去らば去れ
われらは赤旗まもる

同志たちはいっせいにこれに声を合わせた。彼らはすでに近づく死を覚悟していた。朝鮮人の若い何人かもだんだん合唱に加わった。その声は悲壮で、荘重で、時に激越な調子をおびた。房の中には、若い無政府主義者が二、三人まじっていて、彼らの黒旗の歌をうたい出したが、それはけっきょく、多数でうたわれる赤旗の歌に圧倒されてしまった。

二人の看守巡査がやっきになってどなり立てていたが、やがてとうてい制止しがたいのを知ると、黙ってしまった。真夜中をついて湧き上がった歌声はいよいよたかだかともり上がって、捕われたものでいっぱいになった留置場をどよもし、警察の建物をゆるがし、暗黒の夜の中へと大波のようにひろがっていった。

民衆の旗　赤旗は
戦士の屍をつつむ
死屍かたく冷えぬまに
血汐は旗をそめぬ
高く立て　赤旗を
そのかげに誓死せん
卑怯もの　去らば去れ
われらは赤旗まもる

パン、パァン、パン、パン、パァン
福田は精いっぱい声をはりあげて歌った。歌詞はうろおぼえにしか知らなかったが、合唱についてゆくことはできた。こうしてみんなといっしょに歌っていると、彼は悲しさも、恐ろしさも忘れてしまった。それどころか、我にもなく、高められた、悲壮な、英雄的な気持ちになって、いま憎むべき奴らの手にかかってこの人たちといっしょに死んで行くことが、非常に意義のある、けだかい、名誉なことと思われるのであった。それでも、どうかすると、歌いながら彼は泣きたくなった。
彼は必死で涙をこらえて人ごみの中でそっと川田の方をうかがった。ばさばさの濃い髪が青白い額に影をおとし、めがねをなくした彼の顔は寂しげであったが、またいかにも厳粛な表情であった。同じ寂しさと厳粛の表情は北上にもあったし、合唱をつづけるすべての同志の顔にあった。福田は歌いながら、いつか涙を流していた。

この時、福田にとって、じつに困ったことが起きた。　どうしたぐあいか、両膝が音を立てんばかりにがくがくやり出したのだ、さらに、そのがくがくが胴体に伝わって、全身がわなわなと震え出したのだ。彼は歯を食いしばり、必死でその震えを押えようとしたが、刻々ひどくなって、そのまま床の上にへたへたとつぶれこみそうになった。彼は目の前にはんてんを着て立っていた朝鮮人の大きな力強い両肩にうしろからしがみついて、やっとからだをささえていた。こんな考えが頭をひらめきすぎる、（中山さんや川田さんがこのおれを見たら何て言うだろう。まちがいなく、いくじなし、卑怯者だと言って笑うだろう。畜生、おれだって男だ、労働者だ。いまになって震えたりなんかするものか！）

一二

留置場の廊下が急にあわただしくなった。二人の看守巡査のほかに、背びろの刑事や、黒いまきゲートルをした巡査らが急ぎ足で行ったり来たりして、それまで留置場だけの行きどまりの廊下だったものが、急に通りぬけのできる通路に変わったように見えた。各房からいっせいにわき起こる「赤旗の歌」は相変わらずたかだかとひびき渡っていた。看守も今ではもはやそれを抑止しえないことを知って、激しく燃えさかる大火炎のような歌ごえの中に、だまって、首を垂れて、立ちすくんでいた。そこへ大男の蜂山が、泥だらけの長靴ばきで、二人の若い巡査を伴ってせかせかとはいってきた。そして廊下の中ほどに立ちはだかると、片手にもっていた小さい紙片をのぞいて大声でよびたてた。

「吉沢っ！」

合唱の歌声がそれをかき消してしまった。蜂山は激怒して、いっそう大声をはりあげて呼んだ。

「みんな歌をやめろ。静まれ。吉沢！　なぜ返事をせんか。出るんだ。それから、中山！　直木！　伊東！　峯！　みんな廊下へ出ろっ」

あちこちの房で、ガチャン、ガチャンと激しくカギの鳴る音がして、吉沢、中山、直木等が順々に廊下へひき出された。巡査がまた一人一人に手錠をかけた。この間合唱は徐々に低くなり、まちまちになり、ついに止んだ。銃声もまたやんでいた。

「さあ、来いっ」

蜂山が先に立って、廊下をいつもの入り口とは反対の方へ歩いて行った。そこは便所にくっついて、ひろい中庭へ出られる戸口があり、ふだんは堅くとざされていたのだ。ところが、今はその戸口が自由に開かれて、刑事や巡査がそこからあわただしく出入りしていた。中山ら四人は蜂山と二人の巡査にひき立てられて、無言のまま、やみに向かって口を開いたこの狭い戸口にむかって行くのだった。

中山が川田らのいる房の前を通りながら、金綱ごしに中をのぞくようにして、手錠をかけられた両手を胸のあたりまであげ、ちょっと白い歯並を見せて笑った。まるで「一足さきに失敬するよ」と言っているようだった。「中山さん！」福田は思わず泣きながら大声を出した。

「ここで殺されても犬死にはならぬぞ」と北上が必死ではげましの言葉を投げかけた。

「同志諸君、世界の労働者がおれたちを見守っているんだ。勇気を出せ！　革命万歳！」

川田のりんとした大きな声がひびき渡った。そして同志らの姿がやみの外へ見えなくなると、彼はふたたび赤旗の歌をうたい出した。だれもかれもいよいよ自分らの最後の迫ってきたことを思って、めいめい悲壮な声をふり絞って合唱をつづけた。

来たれ牢獄　絞首台
これ告別の歌ぞ

蜂山がまた、巡査どもを連れて、せかせかした風で暗い中庭の方からもどってきた。そしてまたもや廊下のまん中に両足の長靴をふんばって立ちはだかると、片手の紙片に目をやりながら、留置場じゅうにこだましそうな大声でどなり始めた。期せずして合唱の歌声がぴたりと止んだ。

「川田！
北上！
山田！
鈴木！
みんないるな。出ろ！」

またもやあちこちで荒々しいカギの音。そして川田らはつぎつぎと廊下へ引き出されて、手錠をかけられた。房に残された者の間で、「革命万歳」の叫びが起こった。刑事らは四人をせき立てて暗い戸口の方へ追いやった。彼らはもくもくとして出て行った。福田が金網ごしにのぞいてみると、川田はいつもやるくせで、額に垂れかかるばさばさの硬い髪を、手をあげてかきあげようとしたが、手がきかないので、荒々しく首をふって、皆といっしょに出て行った。

異様な、息づまるような沈黙が留置場に行き渡った。もはやだれも歌わなかった。銃声さえもさっきから止んでいた。中庭のやみの中ではいったいどんなことが行なわれているんだろう？　銃声のやんだところをみると、虐殺は中止されて、連れ出された連中は順次に中庭から釈放されているのではあるまいか。少なくも、福田には何となくそんな気がした。そして、彼の震えもいつとなくおさまっていた。

あとから分かったことであるが、軍隊は朝鮮人を殺す場合とちがって、社会主義者たちには銃砲でなく、銃剣を用いた。銃剣で彼らを縦横に刺殺したのだ。つまり、やりそこないの起こらないような、適確な虐殺手段をえらんだわけであった。

こんどは杉本刑事が二人の巡査どもを従えて廊下にあらわれた。彼はやはり紙きれを手にもっていて、つぎのように大声でよみあげた。

「近藤！

佐藤！

福田！　さあ、出た、出た」

荒々しいカギの音。彼らは房の低い戸から引きずり出されるようにして廊下へ出た。福田は最後に出たが、さっきの激しい震えの過ぎ去ったあとでは、かえって気持ちがおちついて、手錠をかけられても割合冷静でいられた。涙もきれいに乾いていた。

廊下のつき当たりの戸が開かれて、真夜中の暗いやみをのぞかせていた。そして湿っぽい冷やかな夜気の流れといっしょに、喚声のような、わあっ、わあっという遠い物音がかすかに伝わってきた。どこかで暴動が始まっているのではないかと思われるようだった。

戸口には巡査と刑事が五、六人かたまって外を見ていた。その中に蜂山がまじっていた。彼はふり返って杉本に早口で何か言った。杉本は近藤と佐藤を連れて庭のやみの中へ消えて行った。福田は戸口にひとり残されて、外を見やった。暗い庭の二カ所でやや大きなたき火がめらめら燃えている。雲の低く垂れこめた空も依然として血のように赤かったが、庭土の上も一面に同じような赤さで染められている。火のまわりに武装した多数の兵士のかたまっているのが見え、何人かはあわただしくそこらを黒い影のように動きまわっている。サーベルが鳴り、銃剣がきらめく。どこからともなく無気味な人間のうめき声が聞こえてくる。耳をすますと、それは一人や二人のうめきではない。そしてなまぐさい、異様な激しいにおい、――血のにおいがむっとおそいかかる……

どこかでコオロギがほそぼそと鳴いている……

一人の兵士が、何か大きな黒い塊をやけに引きずって戸口の近くを横ぎっている。引きずられているのはまさに人間だ、死骸だ。その後には黒いものがだらだらあとを引く。血だ。

福田は思わず顔をそむけた。手錠はかけられていても、一人放っておかれているのを幸いに、いきなりやみの中へ逃げ出そうかと思った。彼は用心ぶかくあたりを見まわした。杉本がもどってきて、ちらと福田の方へ目を走らせながら蜂山にこう言っているのが耳にはいった。

「この小僧は助けてやりましょう。まだほんの子供だから」

「ふむ」とうなるように言って、蜂山はふりむいて、福田の方をじろりと見た。あまり賛成らしい風には見えなかった。

「十六だと言うのは、まんざらごまかしでもなさそうですよ。それにふだんここいらで見かけたこともない奴ですから、きっと焼け出されてころげこんで来たに違いないと思うな」

この時武装した兵士が一人、銃剣をもって蜂山に近づいてきた、そしてひからびた、太い、いらいらした声で言った。

「早くつぎをよこして下さい。そいつもやるんですか」

「こいつは助けてやりましょう。まだ子供ですから」

杉本は早口にそう言うと、いきなり福田の片腕を荒々しくつかんで、戸口から再び留置場の廊下へ引きずりこんだ。

「ばか野郎、おれ様のおかげで命を助けてもらったんだぞ。ありがたく思え」

そして彼は手錠をはずされて、もとの房へ放りこまれた。そこで彼は急に気がちがったように激しく泣き出した。殺されないですんだことを、別にうれしいとも、ありがたいとも思わなかった。むしろ、いくら憎んでも憎みたりないような杉本ごときものに助けられたのがくやしく、何か一生とり返しのつかぬ侮辱を与えられたような気さえしたのだ。こんな思いをするくらいなら、彼は中山や川田といっしょに殺された方がよっぽどましだったとさえ思った。

一三

中庭の方で再び銃声がひびき出した。

朝鮮人が三人また五人ずつ房から出されて、つぎつぎと暗い外へ連れて行かれた。中には明らかに中国人もまじっていた。大部分は労働者だったが、中には六十あまりと思われる老人もあり、若い娘もあった。むろん名前をよばれるでもなく、（彼らは名前や住所さえも調べられなかったのだ）戸口から巡査か刑事がはいって来て、一番手近なやつから、髪をひっぱったり、腕をつかんだりして引きずり出すのであった。すてられた小猫か小犬をつまみ出すと同じやり方だった。彼らの多くは、すでに観念しきったように、おとなしく、すごすごと死の庭へ引き立てられて行った。

銃声は、ほとんど絶えまなしに、三時頃までつづいた。その時分になると、あれほど朝鮮人でぎっしり詰まっていた留置場の中もがらんとなった。福田の房にも、彼の外に朝鮮人が四、五人残っているだけだった。いずれも、この時分に外から送りこまれて来たもので、例外なく顔や頭から血を流していた。

銃声がやむと、あたりは急にしいんとなって、無気味なくらいだった。福田は膝を抱いて、きたない板壁を見つめたままいつまでもすわっていた。彼のまわりで、一匹の蚊がブーン、ブーンとかすかなうなりを立てていた。

隣の房で、モルヒネ中毒の朝鮮人がひどく苦しがって、うんうんうなりながら叫んでいた。

「注射してくれ、モルヒネ……」

看守は腹を立ててどなりつけた。患者のうめき声はいよいよ激しくなった。看守は入り口へ行って刑事と小声で何かささやき合っていたと思うと、廊下へもどってきて、患者を房から引きずり出して言った。

「ヨボ、さあ来い。すぐ注射してやっからな」

そして看守は床に倒れて身もだえている朝鮮人労働者を、半ば抱き、半ばひきずって中庭へ連れ出した。まもなく看守はもどって来たが、モルヒネ患者は二度ともどって来なかった。

ふたたび無気味なしずけさ。時々地震が留置場をがたがたゆすぶるが、もはやだれもそれにはおどろきはしない。福田の並びに、五十ばかりの、やつれはてた、色の黒い朝鮮人がいて、ひとりでぶつぶつぶやいていた。

「こんな目にあうのも、国に女房と子供を残してきた罰だろうか」

そしてさらにこうひとりごちた。

「おれの貯金はいったいどうなるだろうか」

このひとり言は、寂しい、悲しい、うらめしげな調子でいく度となくくり返された。

そのうち、果てしないものと思われた恐怖の夜も、徐徐に白みはじめた。福田は便所へ出してもらって、ついでに鉄格子のはまった上部の小窓から、のび上がって外をのぞいてみた。演武場がつい目の先にあった。もとより建物の内部は分からぬが、ほの明るい軒下に、両手を縛られた朝鮮人が百人ばかりごたごたとうずくまっており、銃剣をもった兵士が二、三人で監視しているのが目に映った。縛られた人々の中には、ちらほら女の姿も見られた。ところが、かんじんの中庭の方は、ほんの片隅の一部しか見えなかった。そこには、まだ明けきらぬうす明かりの中に、むしろをかけた、いくつかの人間の形が横たわっていた……

朝になって、四十前後の日本人の土方がひとり、福田の房へ放りこまれてきた。彼はさっき警察署の門のところで、何人かの死骸をつんだ荷車を、巡査二人がかりで引いて出て行くのに出合ったと話した。

「おおかた朝鮮人らしいが、まさか殺さなくたっていいじゃないか。人を殺すなんて、まったく大変なことだよ。まァ、自分でいちどやられてみたらいい」

彼はいまいましげにそう言ったと思うと、いきなり床の上にごろんと横になって、プーッとやつれたほおをふくらませて大きな吐息をした。

そこへ、こんどは白地の銘仙のかすりの単衣《ひとえ》に色のあせたセルの袴をはいた、やせ形の、せいの高い、三十前後の壮士風の男が入れられてきた。色白の顔に細い金ぶちの眼鏡をかけ、ちょっぴりと口ひげを立て、何となく人を小ばかにした、高慢ちきな様子をしていた。彼はあぐらになって板壁に寄りかかりながら、しばらくはおちつかない様子でまわりをきょろきょろ見まわしていたが、やがてさきの土方に目をとめてこう聞いた。

「君は何でここへ連れて来られたんかね?」

土方はねころんだまま腹だたしげに答えた。

「何でもくそもあるもんか。おら深川の木賃宿で焼け出されたんでさ。そこで亀戸に古い知合いがあるのを思い出してここまでやって来たが、家が見つからないんで、うろうろしてたんだよ。そこを、どっこい、自警団に怪しまれて、さんざんなぐられたうえで、警察へつき出されたんでさ。多分火事で焼け出されたのが法律にふれたんだろうよ」

「ふん、そりゃおかしいよ。それが事実なら、明白な人権じゅうりんだ。だが、君はうそをついてるんだろう。きっとかっ払いか泥棒をやったんだろう。でなけりゃ、こんな所へ放りこまれる訳がないじゃないか」

「なるほどね。じゃ聞くが、お前さんは何をやらかしたんかね?」

「ぼくか。ぼくは留置されたんじゃないよ。ここへ自ら進んでやってきたんだよ」

「へえ、そりゃいったいどういう事かね? おれにゃ何の事だか、さっぱりどうも……」

「ははは、分からんかね。ところでぼくは野村と名のるもんだが、いったい何に見えるかね」

「さあ、町かどの占い師か、それとも……」

「社会主義者かと言いたいんだろう。ところがぼくは決してそんないかがわしい者じゃない。これでも、ぼくはもともと、熱心な皇室中心主義者なんだ。むろん、ぼくは交際がひろいから、社会主義者や無政府主義者にもかなり知合いがあるよ、大杉栄なぞとはいささか気が合う方で、ちょいちょいいっしょに飲んだこともあるよ。そのせいか知らないが、この二、三日というもの、どうもぼくの身辺に非常な危険が感じられるんでね、じつはけさ亀戸署へ保護を願って出たんだ。こんな際にゃ、警察はぼくのように忠実な忠君愛国の徒を危害から守ってくれる義務があるんだからね。ぼくもせっかく保護を求めてきたんだから、不穏な時期がとおりすぎるまで――と言っても、二、三日の事だろうがね――ここで厄介になるつもりだよ」

福田は思わず声を立てて笑い出した。

「何がおかしい？」　野村はひどく自尊心を傷つけられた様子で、ひどくおうへいな態度で彼に突っかかった。

「だって」と福田は、いよいよ笑いながらやっと答えた。「ゆうべも、おとといの晩も、この留置場にいっぱい人間がいたんですよ。それがけさまでにおおかたあそこの庭へ連れ出されて、兵隊どもに片っぱしからぽんぽん殺されてしまったんです。ここは地獄へ道がひとつづきなんです。こんな所へとびこんで来るなんて、よくよくの命知らずですね」

「えっ、そ、そりゃ本当かね？」

野村はすっかり顔色をかえた、そしておかしいほどうろたえた様子で、なおいろいろ聞きただした。福田は妙に意地わるい気持ちにさそわれて、ゆうべここで起こった事をいかにも冷たい、毒々しい調子でかなり詳しく話してやった。みなまで聞かないうちに、野村の顔はまっさおになり、妙に目がすわったようになってきた。そして、「しまった」と叫んだかと思うと、いきなり飛び上がって、窓の鉄格子に両手でつかまった。

「看守君」と彼は廊下にむかって半ば気がふれたようにわめき立てた、「ぼくを出してくれ、すぐここから出してくれ。ぼくはまちがったんだ。ぼくはただ任意で保護を求めにきたんだ。ぼくはもう警察の保護はいらないんだ。すぐにここから出してくれ。出せ、出せ、早く出さんか」

彼は鉄格子をへし折りそうなけんまくだった。一人きりの看守は柱にもたれて、帽子のあごひもをかけたまま、両腕をくんでいねむりをしていたが、騒ぎにおどろいて充血した目をそろっと開いた。そして腹を立ててどなりつけた。

「うるさいっ。しずかにせんかっ」

「命にかかわることだ。しずかにしておれるか。すぐにぼくを出してくれ」

「刑事さんに言ったらいいだろう」

「じゃすぐに刑事君をよんでくれ。すぐだ。すぐによんでくれ」

「ばか。おれはここが離れられるか。だまってひっこんでろ」

まもなく杉本刑事が朝鮮人を二人連れて留置場へやって来た。野村は金網ごしに刑事にとりすがるようにして、自分をすぐ出してくれと嘆願した。

「君も久しぶりでここへやって来たんじゃないか」と杉本は皮肉な、相手をナメた調子で言った。「まあ、飯だけは食わせてやるから、シラミに食われてゆっくり保養して行くさ。きさまなんか娑婆へ出たって、脅迫か、カタリをやるぐらいがオチで、どうせろくな事はしないんだからな」

そして刑事はさっさと立ち去ってしまった。

「けしからん」野村はいよいよ大きな声でわめき散らした。「警察官の任務は良民を保護するにあるんだ。しかるに、熱心な愛国者たるわが輩を、土方や半島人といっしょにシラミに食わせるとは何事だ。事ここに到っては、法律も秩序もあったもんじゃない。じつに言語道断、支離滅裂、良民を苦しめるのを警察の任務と心得ているとしか思えん。こんな了見だから、大震災も起こるんだ、無政府主義者や社会主義者も出てくるんだ。国家の前途のために、じつに寒心に耐えぬ次第ではないか」

看守もとうとうかんしゃくを起こしてどなりつけた。

「畜生、どうしても黙らんか。ようし、出ろ。すぐ軍隊に引き渡して、どてっ腹に大穴をあけてやる！」

野村はぴたりとだまった。と思うと、すごすごと房の片隅へ行って、くず折れるように腰をおろし、両手で頭をかかえこんだ、そして子供のようにしくしく泣き出した、泣きながらなさけない様子でぶつぶつ言っていた。

「ああ、おれは何というばかな事をしたんだ、こんな地獄へ保護を求めてくるなんて！　ああ、おれの女はどうしているだろう？　おれが急にいなくなったんで、泣いて方々を捜し回ってるだろうか、おれは生きてあの女に二度と会えるだろうか、ああ、ああ……」

一四

五日目の夜がきた、ひきつづく恐怖の夜が……

留置場は前夜と同じように朝鮮人でいっぱいになっていた。泥靴とはだしたびでひどくよごされた狭い廊下は、亀戸警察署の名前と赤線のはいった弓張り提灯や丸提灯でほの暗く照らし出され、また二人にされた看守巡査がものものしい緊張した様子で、サーベルを鳴らして行ったり来たりしていた。まわりには相変わらず一脈の殺気が流れていた。福田には、気のせいか、さまざまな悪臭をとおしてなまぐさい血の香がただよい、死にかけた人たちの断末魔のうめきが、どこからともなくかすかに伝わってくるような気さえした。

「今夜もまたやりそうだな。だけど、いつまでおれをここにとめとく気かな？」

福田はそう思った。ところが、彼はいま眠くてならなかった。前夜ほとんど眠らなかったうえに、異常なショック、悲哀、恐怖、心痛、過労などが積もり積もって、今では欲も恐れもなく、ただ泥沼の中へ引きずりこまれるような重い、どうにもならぬ眠たさをおぼえた。たとえ、今夜のうちに殺されると分かっていても、なおその時まで眠りつづけるだろうと思われるような眠たさだった。

それでも夜中に何度かまじかな銃声で、うすうす目がさめた。一度は廊下で「アイゴー、アイゴー」と大声で泣き叫ぶ声を耳にしたし、別の時は、「こらっ、歩かぬかっ」という罵声といっしょに、ぽかぽかと人をなぐりつける音を聞いた。やはり、つぎつぎと朝鮮人を中庭に連れ出して虐殺しているらしかった。にもかかわらず、彼はまるで泥酔した人間のように眠ってしまった。

目がさめると、あたりがすっかり明るくなっていた。房の中はまたもやがらんとなって、福田の外に日本人の顔が三、四人見えるだけだった。野村は板壁にもたれて、両ひざを抱いて深いもの思いに沈んでいたが、一夜のうちにすっかりしょうすいして、金縁のめがねの下で目がおちくぼみ、病人のように影のうすい、あわれな様子になってしまった。

「君はじつに良い度胸だね」

彼は福田が起きたのを見て、さっそく話しかけた。

「同じ部屋のものがつぎつぎ殺されてゆく中で、君はぐっすり眠りとおしたじゃないか」

「やっぱりゆうべもやったんですか」と福田はきいた。

「うん、やったよ。つい明け方まで庭でぽんぽん鉄砲が鳴っていたんだ。さいわいぼくは助かったがね。でも、今かと思って、まったく生きた心地がしなかったよ。さっきも、あの大男の刑事が看守に言ってたがね、（鉄砲はまだいいが、銃剣でやるのはイヤだね、ズブゥっていうよ）って。すると看守が、（つくづくおれもこの稼業がイヤになった）って言ってたよ。おれもつくづくこんな所がイヤんなった。何とかしてきょうじゅうにここを逃げ出さなくちゃ」

十時頃、杉本刑事が福田を連れ出しにやってきた。野村は、自分もいっしょに出してくれと言って、刑事を拝み、両目に涙をうかべてたのんだ。野村の平素のえらそうな、おうへいな様子にくらべて、現在の恥知らずな、みじめな態度に、刑事はいじ悪い興味をいだいているらしく、にやりと皮肉な笑いをうかべただけで、まるで取り合おうとしなかった。看守もそっぽをむいてにがにがしげに笑っていた。

福田は二階の高等刑事室へ連れて行かれた。三日の晩、裸ローソクの明かりで見た時とちがって、すべてがほこりっぽく、きたなく、ひどく取りちらかって見えた。テーブルの一つに、食べあらした肉鍋があり、そのまわりにカニや、コンビーフのカンのあきがら、正宗のあき瓶、徳利、杯、よごれた皿や箸なぞが乱雑に放り出してあった。一人の刑事が、そのテーブルのはしに乱れた頭を両手の上に伏せていぎたなく眠りこけていた。

蜂山主任のテーブルの前に、洗いざらしの浴衣をきて、髪を乱した、二十五、六の女が立っていた。彼女は青白い、やつれた顔をこわばらせ、細い目をつり上がらせ、すごいけんまくで蜂山につめ寄っていた。彼女は中山の細君であったが、福田はいちども会ったことがないので、だれか分からなかった。

「そんなあいまいな事ばかり言わないで、正直に、はっきりきかせて下さい。中山がおとつい亀戸署へ連れて来られたことははっきり分かっているんです。それだのに、どうなったか分からないなんて、あんまり無責任な言いのがれだわ。中山にだってわたしという女房もあれば、子供もあるんですよ。何とか責任のある返答をきかないうちは帰れませんわ」

蜂山は大きな目をぎろぎろさせていたが、中山の細君の顔をまともに見ることができず、捜しものでもあるようにテーブルの引出しをあけてみたり、手当り次第の帳面をのぞいたりして、いかにも苦しげな当惑の色を隠しきれないでいた。

「さっきも言ったとおりさ。確かに三日の晩に釈放したはずだ。何しろこのとおりのごたごた騒ぎだからね、もしかすると、警視庁へ回したかも知れないけれど……」

「だって警視庁は焼けたというじゃありませんか」と彼女は鋭く問い返した。

「そうか。じゃ釈放したんだろう。今ごろお前を捜しまわってるかも知れないぞ」

そして蜂山はペンをとって帳面に何か書きつけにかかった。おれはこのとおり忙しいのでお前の相手なぞしておられぬというように。

この時テーブルに突っぷしていた刑事が目をさまして、椅子の上に身をそらし、両手を高々とのばして大あくびをした。大あくびをしながら、中山の細君を目にとめた。その冷たい固いまなざしと、荒々しい顔つきには、今こそ背びろをきて刑事でおさまっているが、もとは軍隊で古参軍曹として新兵どもをふるえ上がらせてきた男のような特徴があった。

「だれだい、君は?」と彼は人もなげな口調で言い出した。「ふん、中山のかかあか。悪くないね。中山がこんなべっぴんのかかあを持っているとは知らなかったよ。どうだい、こんどはおれの女房にならんか。イヤかね、もう中山なんかあきらめちゃって、外に亭主を捜す方がりこうだぜ。君だって、まだ男なしにすむ年頃でもなしさ、君くらいのきりょうがありゃ、中山なんかよりずっと増しな男も見つかろうってもんだよ」

中山の細君はちょっと息をのんだ、そして鋭い目つきでこの刑事と蜂山の顔をかわるがわるにらみつけながら、息をはずませて言った。

「お前たちは中山を殺したんだね。みんなが評判してるとおりなんだね。それが今になって下手人に見られまいと思って、何のかんの、すべったのころんだのと、言いごまかそうとしてるんだね。殺したんなら殺したと、男らしくはっきり白状したらいいじゃないか。お前たちはどいつもこいつもずう体ばかり大きいくせに、卑怯者だよ」

蜂山が帳面からはげかけた坊主頭をあげて、しつこい蠅を追いとばそうとでもするように、おどしつける調子で言った。

「おいおい、ここは警察だよ。あんまり面倒なことは言わんでおとなしく引きさがった方がりこうだよ」

中山の細君は蜂山の顔をじっと見た。その鋭いまなざしは、錐のように相手の顔に突き刺さるかと思われた。彼女は叫び出した。

「人でなし！　お前たちの子供が、さきざきどんな目にあわされるか、ようく見ているがいい」

そう言い放つと、彼女はくるりと背をむけて、ばたばた部屋からとび出して行った。

「ぼくの言ったことがよく分かったかね！」

福田はそれまで中山の細君に気をとられてうっかりしていたが、こう言われてようやく我にかえった。彼は杉本刑事のテーブルの前に立たされて、何かくどくど説き聞かされていたのだ。今後は、赤い不良どもとつきあいしてならぬということ、おれの計らいで命を助けてやったのだから、すでに一度死んだものと思って、これからは一意国家のために奉公するつもりで働かねばならぬということ、留置所で見聞したことを、世間の人たちに絶対に口外してはならない、もし口外したら恐ろしいむくいがあると思っておれ、ということなぞ。彼はただ、機械的にうなずいて聞いていた。

こうして彼はやっと亀戸署の門を出ることができた。

一五

狭い路次をはいると、小さい水たまりのある空地に、小さい子供が四、五人、生まれてまのない小犬を相手にしてきゃっきゃっと遊んでいた。その中に文子がまじっているのを見つけて、福田が声をかけた。それと知ると、彼女はさっと駆けてきて、彼の腰にからみついて、腹のあたりにごしごし顔を押しつけた。

「ひとりにしといて悪かったね。寂しかったろう？　これからにいちゃんと二人で、とうちゃんかあちゃんを捜しに行こうね。とうちゃんかあちゃんもきっと文ちゃんを捜していらっしゃるよ」

彼は文子の頭をなでてやさしくはげました。川田義夫の家には、そまつな目立たない表札と並んで、相変わらず、葛飾労働協議会の新しい大きな看板が出ていた。彼もそこまでは急いで、早足で帰って来たものの、さて家へはいるのがいかにもつらかった。彼は入り口の前でためらっていた。

「あらッ、福田さんだわ」家の中で芳江が目ざとく彼を見つけて叫んだ。「よかったわ、あんた生きていたのね！」

彼女は上がり口へとび出してきた、そして福田をこえて、表の方を目で捜しながら、せきこんでこう聞いた。

「にいさんは？　外の人たちは？　いっしょじゃないの？」

福田はだまって、目を垂れて、しおしおと立っていた。

「にいさんもだけど、中山さんや北上さんたちはどうしたのさ？」

彼はやはり目を垂れたまま黙っていた。

「じゃ、あんたひとりなの？」

彼はやっと、さも申し訳なげに黙ってうなずいて見せた。

うす暗い茶の間には、母親と芳江の外に、さっき警察の刑事室で見たばかりの中山の細君が来ていた。福田は女たちのそばへ行って、両手をついて、低く頭をさげて小さい声で言った。

「すみません」

この女たちに対して何がすまないのか、福田には自分でも分からなかった。おそらく外の人たちがみんな警察と軍隊の手にかかって殺されてしまったのに、自分ひとりが殺されもしないで、ひとりでのこのこもどってきたのが、いかにも心苦しく、相すまない気がしたのであろう。

芳江は福田のからだとほとんどすれずれにすわって、矢つぎ早の質問をそそぎかけた。

「福田さんはあれからずっと亀戸署に入れられてたんでしょう。出てくるまで留置場にいたんでしょう。じゃ、あそこで起こったこと、何もかも見てるわね。いったいにいさんや組合の人たち、どうしてるの？　生きて留置場の中にいるわね。まさか、殺されたりなんかしないわね。でも、イヤな評判があるのよ。みんな三日の晩に、朝鮮人といっしょに殺されちゃったって。今も中山の奥さんにきいたらね。警察じゃみんな三日の晩に帰したって言ってるそうだけど、だれひとりもどってやしないのよ。ぶじでもどってきたのは、福田さんが初めてなの。外の人たちも、こんな風にしてぽつぽつ帰ってくるんならありがたいけど、福田さん、あんたどう思う？」

「おねがいだから、福田さんとやら、あんたがブタ箱の中で見られたことを、何もかもそのままに話してくださいな。きけば、あんたは中山とは古なじみなんですってね。そのためにこんども飛んだまき添えをくわれたんですってね。さっきの刑事の口ぶりから察して、わたしは中山は殺されたものと覚悟していますから、今さら何を聞いてもおどろかないつもりです。どうかはっきり聞かせてください」

この女たちのために福田は自分が酷い拷問にかけられているような気がした。彼が釈放される時、刑事は留置場で見聞したことを世間にもらせばきっと酬いをうけるだろうとおどかしたが、それを思いだして苦しんだ訳ではなかった。彼はそんなおどし文句なぞとっくに忘れていた。何よりも彼はこの遺族たちを前にして真相を語るに忍びなかったのだ。

とはいえ、うそとごまかしで要領よくこの場をのがれることも彼にはできなかった。もはや仕方がなかった。彼はついに腹をきめて、三日の晩に亀戸署の中で起こったことを、見たまま、思い出すままに、ぽつぽつ話し出した。話しながら、彼はいくどか涙を流し、むせび泣きして言葉をとぎらせた。芳江も涙を流して食い入るように聞き入りながら、ときどき口をはさんで、状況をもっと詳しく確かめたりした。中山の細君は歯をくいしばって、首を垂れたまま、涙ひと筋も流さなかったが、話が中山たちの留置場からつぎつぎと暗い庭へ連れ出されたところにかかると、彼女は思わず食いしばった歯をかちかちと鳴らして、つぶやいた。

「やっぱり殺されたんだ！　みんなはやつらに殺されたんだ！　下手人はやっぱしあいつらなんだ！」

母親のおたつは初めっからしくしく泣いていたが、川田が手錠をはめられて処刑の庭へ連れ出された時に話がふれると、いきなり細いかよわい声をふり絞って叫びだした。

「うちの義夫は……あの子は地震のあった日に、つぶされた屋根の下から、三人まで子供を助けだしたんだよ。それだのに、三人もひとの命を助けた義夫が、どこの馬の骨だか知れない兵隊に刺し殺されるなんて……ああ、神さま、仏さま、世の中はこれで良いものでしょうか……」

福田はうそとごまかしにならない範囲で、恐ろしい三日の夜の亀戸署内の光景を、あらまし語りおわった。今や川田以下組合運動者八、九人が多数の朝鮮人とともに警察と軍隊の手で虐殺された事実を疑ってみる余地がなかった。目を泣きはらした芳江が、ちょっと考え沈んでいたかと思うと、ふいにこう言いだした。

「そう言えばにいさんは、一日に印刷所へ支払うはずだった金を、地震のために支払わないでそのまま持ち帰っていたのよ。そして大切な公金だからと言って、腹巻に入れて身につけていたんだけど、三日の晩にもその大金を腹巻に入れたまま亀戸署へ連れて行かれたわけなの。兄が殺されたんだとしたら、その金いったいどうなったんかしら。警察が盗んだか軍隊が盗んだか知らないけど、山崎さんのような弁護士さんに頼んで徹底的に調べてもらいたいわ。いくら相手が国家だからって、立派な強盗殺人罪であることに変わりはないんだもの」

「そりゃ、お金のこともだけどさ、わしはそれよか、せめて義夫の死体などかえしてもらいたいよ。政府《おかみ》としたら、殺しさえすりゃ、死体にまで用があるわけじゃあるまいて」おたつは相変わらずぽたぽた涙をこぼしながらうったえた。

「死体は返してよこすまいよ。死体を返せば、どんな殺し方をしたか、いっぺんに分かってしまうもの。でも、それだから、よけいにとり返したいわ」と芳江はつよい語調で言いはった。

中山の細君は空《くう》をにらむようにして、何かを一心に考えつめている様子だったが、やがて自分に言い聞かせるようにこうつぶやいた。「やっぱり革命だわ。中山たちが二、三人よると、口ぐせのように革命、革命と言ってたっけが、今になってわたしにもその気持ちが分かってきたわ。ただ、どうしたら革命ができるか、あの人殺しどもにカタキが打てるのか、それがよく分からないけど……」そして彼女はまた無念さのやり場がないらしく、前歯で血の気が白くなるほど下唇をかんでいた。

福田はすぐにもここを立ち去る決心をしていた。これ以上この人たちの中にいるに耐えない気がしただけでなく、一刻も早く親方夫婦の行くえをつきとめ、文子を渡さねばならないと思ったからだ。

福田の考えでは、文子を半日だけここにあずけておいて、いったん自分だけで工場の焼跡へ行って様子を見て来たかった。しかし文子はもはや一時間でも福田だけをよそへ行かせることを承知せず、じだんだを踏んで泣き叫んだ。芳江たちも人気がまだとても険悪だから、もう二、三日待つように言ったが、福田は思いとどまろうとしなかった。彼はやむなく文子を連れて、すぐにも出かけることにした。

そこで芳江は大急ぎで、半つきの玄米飯をたいて二人に食べさせ、さらに道中の用意のためにいくつかの握り飯をこしらえてやった。そして路次の外まで福田たちを送って出ながら、まぶたを赤っぽく泣きはらした目にあらたに涙をたたえて、別れぎわにこう言った。

「福田さん、ふしぎなめぐり合わせで、あんたは兄たちが殺されるのを、最後に見とどけてくれた人なのよ。たにひとりの、大切な証人なのよ。だから、あなたにはこれからも、この事件の生きた証人になっていただきたいわ」

「ええ、なりますとも、自分の命にかけても……」

福田はふかい感激をこめて答えた。

「じゃ、さようなら。文ちゃん、おとなしくしてあんまりにいちゃんを困らせるんじゃないのよ。万一親たちの行くえが分からなかったら、またここへもどってらっしゃいね」

一六

同じ日の夕方、福田は文子をおぶって、ふたたび東京から千葉につづく古い街道を急ぎ足で歩いていた。さっき深川へまわって、工場の焼跡に行ってみると、さいわい親方の筆跡で、立退き先を標示した木札がたててあった。それで親たちが千葉市の親戚へ避難していることと、その所番地が分かった。福田はよろこび勇んで、夜を徹して千葉まで歩きとおすつもりで出発したのだった。

東京をあとにして、田舎へ落ちてゆく罹災者避難者の群れは、いまだにあとをたたなかったが、もはや数日前のような氾濫する洪水のようではなく、ずっとまばらで、きれぎれになっていた。そして東京も郊外に近づくにしたがって、いたるところの電柱や、板塀や、神社の鳥居と石灯籠や、立木の幹なぞ、通行人の目にふれるほどの所と物には、ほとんどすきまもなく、いちめんにべたべたと紙きれが張りつけてあった。立ちのき先を記したものが大部分で、避難の途中で別れ別れになり、互いの行くえを気づかい合い、たずねている人たちがいかに多いかをよく示していた。道ばたにはまた、スイトン屋や、うどん屋が急ごしらえの小屋がけの店を出していて、飢えた避難者の群れがそれをとりまいていた。

夕日が沈みはてたころ、福田はようやく荒川放水路にたどりついた。そして大地震の晩に命からがら辛うじてここまで逃げのびて、土手の上で文子と共に一夜を明かしたことを思いだした。そして今もなお文子といっしょに同じ場所をうろついていることをわびしく思いながら、あの長い長い木造の四ツ木橋にさしかかった。見ると、右の手すりにかなり大勢の人が寄り集まって、太い水道鉄管の橋のかかっている川下の方を一心に見守っていた。高い土手の上にも、人垣が築かれて、同じように川下の方をながめているのが見えた。何ごとかといぶかって、福田も思わず手すりに寄って行った。

放水路は生い茂った葦やぶの間を白く光りながら、淡い夕もやの中をしずかに流れている。くろぐろと延びた水道鉄管の橋の少しばかり手前、白っぽい川原のあちこちに、かなり大きな火があかあかといきおいよく燃えている。たき火のようでもあり、何かを焼いているようでもあった。火のまわりには白服の巡査の姿がいくつか動いており、在郷軍人や自警団員らしいものの弓張り提灯や丸提灯が忙しげにあっちこっちしていた。そして、とくに瞳をこらして見るまでもなく、そのあたりは、白っぽい川原から緑の大土手の傾斜面にいたるまで、いちめんに人間の死骸でおおわれていることが分かった。かすかな川風はぶきみな激しい異臭をはこんできた……

橋の手すりに寄りかかった人たちの口々にしゃべっている言葉を聞くまでもなく、亀戸警察署が軍隊と共謀して銃殺し、また刺殺した幾百という大量の死骸をここに運んできて、それらに石油をぶっかけて、片っぱしから焼きすてにかかっているのであった。この下手人どもは、死骸を焼きすててさえしまえば、自分らのやった悪業はそれっきり永久に消えうせてしまうとでも考えているらしかった。今や朝鮮人虐殺の問題では、国際輿論がやかましくなりかけていたし、在東京の外国外交官たちも政府に干渉的な圧力をかけだしていた。だから、日本政府も、警視庁も、少しも早くけがれた手から血を洗いおとして、涼しい顔をしていなければならなかったのだ……

「おおぜい殺したもんだなア……」

「みんな朝鮮だろ」

「いいや、……」「日本の主義者もだいぶんやられたんだとさ」

「ふーん」

このやりとりを耳にして、福田ははっと我にかえった。では、中山さんの死骸もあそこにすててあるのだ。川田たちみんなもむろんいっしょにあそこにあるのだ。そして、彼は自分ではまるで知らずに、またもやふしぎなめぐり合わせで、この忘れがたい人たちの火葬に立ち会うことになったのだ！

夕やみは刻々濃くなりつつあった。川原のいくつかの火炎は、いよいよ赤さを増して、燃えさかった。福田は今さらのように、一日の正午以来のでき事を何かと思いだした。あの恐ろしい地震と大火だけでも、人間の生涯に二度とは見られないほどの大変な、深刻な大事件だった。さらにあのざんこくな鮮人狩りはそれにまさるとも劣らぬ重大な歴史的事件だった。しかも、たった十六歳の彼は、まったくの偶然ではあったが、何も罪のない、善良な労働運動者たちがいっせいに殺されたと同じ場に立ち会わされたのだ。いわば彼は現世の地獄めぐりをさせられたも同じだった。この数日間、悪夢ならぬ現実の世界で、彼が自分の目でじかに見てきたもの、さらに現在ここで見つつあるものについて、どうして黙っていることができようか。いや、彼は生きているかぎり、そして良心が失われないかぎり、彼はチャンスのあるたびに、一日以来、きょうまでに経験したことをすべて人にむかって語らないでおかないであろう。彼は川田の妹から、「この事件の生きた証人になってください」と言われた言葉を、その時の彼女のせつなげな息づかいとともになまなまと思い出した。

「にいちゃん、早くかあちゃんとこへ行こうよ」と文子が両足を突っぱって背中でじれだした。

福田は川原でめらめらと燃えさかる火葬の炎にむかって、てのひらを合わせ、目をとじて深く頭をさげた。それから、手すりを離れ、夕やみの中に長々とつづく旧式な木造の四ツ橋を急ぎ足で渡って行った。

――一九三〇年

饒舌なあとがき

皓星社編集部

編集部としての言い訳

「関東大震災時の虐殺と弾圧」を主テーマとする三人の「フィクション」を収めた。

アンソロジーというには、形式も内容も型破りな本書を刊行するにあたって編集部としての「言い訳」に駄弁を弄しておくことにしたい。

フィクションには作品固有の硬度というような確かさと不確かさがある。それは眼前の事実（ノンフィクション）以上の事実を活写したいと願う書き手の意図と知性が相乗された数値で、意欲的でかつ深い知識や判断力が備わると、ノンフィクションよりも真実に肉迫することが出来る。さらに、行間を読むという言葉どおり、読者は描かれた内容と相互コミュニケーションを続け、著者とともに作品を深化させることができる。作品と多くの会話を交わしていただければ、と願う。

三者に共通して言えることがある。成り行きをただ見守るだけの傍観者ではない、世論に媚態を示しがちなマスコミ、品性と知性を欠いたSNSに見られる無責任な高みの見物や放言とは一線を画す当事者意識を強く有した姿勢であるということだ。

日本人と朝鮮

朝鮮（半島）は近代日本にとって常に侵略の対象であった。神格化した天皇を担いだ「自尊史観」のもと、吉田松陰に端を発した征韓論を底流に、「富国強兵」を旗印として、維新からわずか八年後の一八七六年、不平等な日朝修好条規を朝鮮に押しつけ、対する朝鮮は東学農民戦争（一八九四年）、義兵闘争（一八九五年）などで激しく抵抗した。日韓併合（一九一〇年）以降は「万歳事件」として知られる三・一独立運動（一九一九年）など熾烈な抗日闘争を展開した。日本軍は「向後悉く殺戮すべし」という方針のもと、独立運動に対して残虐な討伐を繰り広げ、新聞紙上には「暴徒殲滅」という見出しが躍った。そして官憲や民衆らによって、朝鮮人＝暴徒＝不逞鮮人という図式が練り上げられていく（不逞鮮人という呼称は一九一一年、寺内正毅暗殺計画という大掛かりなフレームアップによって検挙された朝鮮独立運動家に冠せられたのが初出であるが、大逆事件の朴烈が自らの雑誌を「太い鮮人」と名乗ったように朝鮮人にとっては密かに名誉な呼び名であったろう）。

一九二三年九月一日、関東大震災。翌々日の東京日日新聞（現・朝日新聞）には「不逞鮮人各所に放火し帝都に戒厳厳令を布く」「横浜を荒し本社を襲う鮮人のために東京はのろいの世界」なる記事が一面に載った。流言は燎原の火のごとく関東全域へ広がる。震災当日九月一日午後四時には「鮮人放火」（王子）、二日午前十一時「早稲田に於て鮮人四名が放火」（淀橋）、午後二時「鮮人は毒薬を井戸に投じたり（本郷・駒込）、午後二時半「朝鮮人二三百名、銃を携え横浜方面より東京に向かう」（品川）、「東京・横浜に於ける火災は概ね朝鮮人と社会主義者とが共謀して爆弾を投じたる結果なり」（品川）、午後四時「約三百名の不逞鮮人南千住方面にて暴行し、今や将に浅草観音堂並に新谷町の焼残地に放火せんとす」（浅草・象潟）、午後五時「不逞鮮人等四ツ木橋附近に集合し、其他の暴行を為さんとす」（寺島）、等々……。（所轄署に報告された流言の一部抜粋、出典は内閣府防災情報）

流言と事実は正反対だった。「不逞鮮人等四ツ木橋附近に集合し、其他の暴行を為さんとす」と報告された旧四ツ木橋付近に於いては百余人の朝鮮人が惨殺され、土手の下に穴を掘って投げ入れられた。強姦の被害者は被災した日本人ではなく、半死半生の朝鮮人女性だった。

在郷軍人を含む隣組的な組織・自警団によって虐殺された朝鮮人は六千六百余名（在日本関東地方罹災朝鮮同胞慰問班の調査。神奈川県が最多）、中国人犠牲者は六百五十余名、甘粕事件や亀戸事件を含む社会主義者及び朝鮮人だと誤解されて殺害された日本人に至っては、実数すら摑めていない。

流言蜚語を拡散する国家的な素地は震災以前から、二十年以上に亘って醸成されていた。

震災当日の九月一日午後二時頃、内務大臣水野錬太郎と彼の腹心・警視総監赤池濃が中心となって謀議を図り、翌二日に戒厳令を発令。同日、朝鮮人の取締りを各警察に命じた。水野はかつて朝鮮総督府政務総監、赤池も朝鮮総督府の警務局長として、ともに朝鮮人の独立運動に恐怖と憎悪とを抱いていた。

関東大震災時の流言蜚語は国民による自然発生説と官憲による謀略説に二分されているが、戒厳令の発令前から一部の地域で不逞鮮人の風聞が流れていたのは確かだし、虐殺の種を播いたのはまぎれもなく政府と軍隊であった。官民一体となって不逞鮮人という集団的無意識を育て、大震災という緊張時の連鎖的コミュニケーションから憎悪と恐怖が増殖、昂揚、過激化していった。言論統制、報道規制は無責任な流言が生じやすく、蜚語は欲求不満の鬱積を解消したり会話の潤滑油にさえなるというのが定説だが、震災前から朝鮮人に対する差別は国策として蔓延していたのである。失政への不満がより下の弱者に向かうことは権力にとって好都合であることは今も百年前も変わらない。

近代日本は、戦前の植民地支配はもとより戦後復興さえも朝鮮戦争の特需によるなど、常に朝鮮を犠牲にした歴史の上に成り立っている。日本人にとって朝鮮とはどういう存在であるか、とりわけ自問しなくてはならないのには理由がある。

甘粕事件

かわぐちかいじは若き日に「無頼のルポライター」竹中労と組んで雑誌「現代」への長期連載「黒旗水滸伝」や「博徒ブーゲンビリア」（「漫画アクション」）を発表している。脂の乗り切った全盛期の竹中という強烈な個性と組んでの長期連載は、影響を受けるにせよ反発するにせよ無傷では済まない。そのかわぐちに甘粕事件（大杉らの虐殺）を扱った「謀略大尉」という作品がある。

大杉栄は九月十六日の朝九時頃、妻の野枝と連れ立って横浜・鶴見に住む栄の弟大沢勇宅に出かけた。勇の家には妹あやめの息子・橘宗一が預けられていた。

同日夕刻午後五時半頃、自宅近くで張り込んでいた憲兵隊は大杉、野枝、連れ帰った橘宗一を憲兵隊司令部に連行した。

「森慶次郎（東京憲兵隊付憲兵曹長）ガ応接室ニ大杉ダケヲツレテ行キ取調べテオリマシタトキ、大杉ノ腰掛ケテイル後方カラ私ガ部屋ニ入ッテ参リ、右膝頭ヲ背骨当テ柔道ノ締手デ絞殺イタシマシタ」「（野枝に対しても）同ジ方法デ締メマシタ。位置ガ悪カッタタメニ一層困難デ、ノヘハウーウートト声ヲ発シ、私ノ左ノ手首ヲ掻キムシリマシタガ十分ホドデ絶命シマシタ（甘粕正彦憲兵大尉の公判記録より）。

甘粕の供述にどれほどの信憑性があるのかは不明だ。

三人の遺体は菰に包まれ麻縄で縛られた状態で憲兵署構内にある井戸に投げ込まれ、馬糞と煉瓦で覆い隠されている状態で発見された。かわぐちかいじが描いた甘粕は大杉に向かって「それが人間のやることか!?」と言わせているが、この会話のやり取りは案外、事実だったかもしれない。大杉家の子どもでないことがわかった上でこのあと絞め殺すつもりでいた甘粕にとって、心の深奥では自身に向かって「人間のやることか」と言っているようにも聞こえる。

甘粕は懲役十年の刑で結審したが、一九二六年十月六日に仮出獄。服役したのは三年に満たない。実は朝鮮人殺しの自警団でもわずかながら逮捕され実刑を受けた人間がいたが、彼らも大正天皇死去の恩赦によって全員、放免となった。甘粕のもとには相当な義捐金が寄せられ、逮捕された朝鮮人虐殺の加害者にも地元を中心に減刑の嘆願書や支援金が寄せられた。中川五郎の「烏山神社の椎の木ブルース」に唄われたように、加害と被害者の感情が逆転しているのだ。

甘粕正彦は渡仏したのち南満洲鉄道東亜経済調査局奉天主任の職を得、さらに一九三九年に岸信介らの尽力によって満洲映画協会（満映）の理事長に就任。李香蘭（山口淑子）によるとユーモアがあって優しい人だったそうだ。「平気でうそをつく人・良心をもたない人」は一見魅力に富んでいて快活な性格で、人の心を操る術にも長け、他方、人を出し抜くことに腐心し、同情を買うためには泣き落としだって厭わぬ狡猾なサイコパスというが、甘粕はまさにそういう人だったかもしれない。

江馬修の思想的転換

江馬修は震災から一年後の一九二四年、関東大震災の記録文学として台湾日々新報に『羊の怒る時』を連載し、一九二五年の十月に無事刊行した。ちなみにこの年の四月、治安維持法が公布（五月施行）されている。五年後の一九三〇年の春、震災を契機に思想上の転換を起こした江馬は、明確な問題意識をもって新たに「ゆらぐ大地」と「血の九月」を執筆する。浅草寺境内の凄惨なリンチは、江馬の実兄・浅草区長とともに現地を訪ねて得た聞き書きであったり、旋盤工見習い・福田が深川から千葉の市川を目指して避難する途上の荒川放水路で目撃した七人の朝鮮人労働者の虐殺は、同時代の証言を基に書き下ろした。

しかし「ゆらぐ大地」「血の九月」は脱稿したものの日の目を見ることもなく、敗戦後、在日本朝鮮民主青年同盟岐阜県飛騨支部から二作を併せて『血の九月』として自費出版された。しかし、部数も頒布範囲もかぎられ注目されることはなかった。この小冊子を発見した編集部の手で、李恢成の主宰する雑誌「民涛」に再録された。しかし、これとは別に江馬はさらに推敲を重ね「血の九月」を自らが編集長の「人民文学」に発表し、「ゆらぐ大地」とともに一九六四年十一月刊行の『延安賛歌』に所収した。『延安賛歌』はなぜか流布された数も少なく、国立国会図書館にも収蔵がない。いずれにしても『延安賛歌』収録の作品が、作家の手になる決定稿ということになる。

江馬と五十四歳差の天児直美が初めて彼から献本を受けた著書が『延安賛歌』だった。それから八年ののち、江馬は妻の豊田正子と離婚し、八十二歳で天児と再婚。天児に看取られて八十五歳で亡くなった。「ひとから言われて五十四という歳の差を受け止めはしたが、年齢は関係なく純粋な恋愛だった」と天児は述懐する。天児は江馬の特長を「プロレタリア文学に共通する社会主義的告発ではなく、人間の実存を正確に捉える姿勢である」とし、さらに「その目的ゆえ、何度も何度も同じ作品を晩年に至るまで書き直していた。そばにいる者としては彼に新たな構想がいくつもあることを知っているので、新しい作品を書けばいいのに、と悔しかった」と証言している。

百年前と変わらぬ政治と社会

巨大災害が起こった時（自然災害であれ人災であれ）、綿密な調査をして再発の防止に努めるのが常道である。関東大震災に関しても内務省や警視庁はじめ公的な調査記録が刊行され、復興院（総裁・後藤新平）のもと巨費を投じて東京の大改造が計画された。規模は縮小されながらも区画整理や公園や道路の整備がなされ、民間では同潤会アパートが建設されるなど、耐震化・不燃化が進んだ。しかし、虐殺事件に関しては公的な調査は一切行われなかった。

大震災発生から三カ月が経った十二月、帝国議会に於いて田淵豊吉議員（無所属）が「被害を受けた朝鮮人に謝罪し遺族を救済すべきだ」と質問し、永井柳太郎議員（憲政会・立憲民政党）が内務省から各地方長官宛に出した電文内容（鮮人ハ各地ニ放火シ不逞ノ目的ヲ遂行セントス既ニ東京市内ニ於テハ爆弾ヲ所持シ石油ヲ注ギ放火セル者アリ）をかざして政府見解を求めたところ、時の山本権兵衛首相は「熟考ノ上他日御答ヲ致ス」と応じるも、以降、政府が虐殺の件に触れることはいっさいなかった。

石原慎太郎元都知事は練馬駐屯地の式典で「不法入国した多くの三国人、外国人が犯罪を繰り返している。（中略）もし大きな災害が起こった時には騒擾事件すら想定される。そういう時に皆さんに出動していただき、治安の維持を遂行して欲しい」（二〇〇〇年四月）などと、その醜悪な外国人敵視を隠そうともしなかった。現都知事・小池百合子は、毎年九月一日に行なわれる朝鮮人犠牲者の追悼式典への追悼文を二〇一七年以来拒否し続けている。

関東大震災から百周年を迎えた二〇二三年、参院内閣委員会で杉尾秀哉議員（立憲）が「百年という良い機会に記録を精査してはどうか」と問い糾し、福島みずほ議員（社民）は参院法務委員会で前掲の内務省電文を掲げて「流言蜚語の拡散に責任がある証拠ではないか」と詰問した。前者に対し政府は「さらなる調査は考えていない」（谷公一防災担当相）と拒否し、後者は「事実関係を把握できる記録が見当たらない。お答えすることは困難だ」（警察庁幹部）との無責任な態度に終始した。

事件の調査さえしないというのは、再発防止の意思のないことの露骨な表明である。事実の隠蔽を謀ろうとする政治家の姿勢や国会答弁が歴史修正主義を助長させ、国民を歪んだ国家観へ誘導しているように思える。戦前回帰を謳う国家主義の台頭や、在日外国人に対する偏見まみれの誹謗中傷（ヘイトスピーチ）が、仮想現実でも溢れているのは周知の事実だ。

私たちは不断なく貴重な資料を掘り出していかなければいけない、虐殺された者たちの遺骨を発掘して弔い、現代に警鐘を鳴らしていくために。

中川五郎の決意

大震災発生から五日後、香川県から来た日用品や薬品の行商団十五人が千葉県の福田村（現野田市）に着いた。言葉がへんだ！　日本人か？　その現場に巡査と村の自警団が集まって来て、「日本人じゃ」と讃岐弁で応じる行商人たちに次々と襲いかかった……。

中川五郎の「はじめに」とその歌詞に、事件の詳細は記されている。

歌は二十七分に及ぶ一大叙事詩である。

二〇一七年、中川は次のように述べている。

「ぼくが関東大震災直後のできごと、とりわけデマによって朝鮮人や中国人など異国の人たちが敵扱いされ、殺傷されたり、殺傷されそうになったできごとを歌うのは、それから九十四年後のこの国で、また同じようなデマが飛び交い、『朝鮮人を殺せ』と街中で大声で叫ぶ人たちが現れ、そんな浅ましい行動がみんなの力で駆逐されることもなく、ほとんどの人たちが見て見ぬ振りをして許しているからだ。そして昔と同じような事件がまたもや繰り返されようとしている。そんな状況の中、二度とそんな愚かなことを繰り返さないために、九十四年前に自分たちの国で何が起こったのか、自分たちの国の人たちが何をしたのか、ひとりひとりがその事実を今一度しっかりと見つめ、よく考えることがとても大切だとぼくは思っている。だからこそ今ぼくは九十年以上も前にこの国で起こったことを次々に歌にして歌っているのだ」

本書はこの中川の決意に百パーセント同意する立場で編集・出版した。

著者紹介

江馬修（えま・なかし） 一八八九年〜一九七五年

岐阜県高山市生まれ。一九〇六年斐太中学を中退。文学を志し、一一年『早稲田文学』に処女作「酒」を発表、一二年初の著書『誘惑』を刊行。一六年長編「受難者」で一躍人道主義作家として注目を集める。関東大震災を期に左傾し、二七年プロレタリア芸術連盟に加入、二九年検挙される。三五年郷土研究誌『ひだびと』を創刊して主に考古学に力を入れる傍ら、代表作『山の民』を執筆。戦後四六年共産党に入党、五〇年には雑誌『人民文学』編集長。六六年共産党を離党。この間、二七年民俗学者の江馬三枝子と再婚。戦後に『綴方教室』で知られる三十三歳下の作家・豊田正子と、七二年には五十三歳下の天児直美と新生活を始めた。

中川五郎（なかがわ・ごろう） 一九四九年〜

大阪府生まれ。一九六〇年代半ばより米国のフォーク・ソングの影響を受けて作詞・作曲、歌手として活動を始め、高石ともやが歌った「受験生ブルース」（作詞）がヒット。六九年小室等のグループ・六文銭とのカップリングアルバム『六文銭・中川五郎』でレコードデビュー。七〇年代に入って音楽に関する文章や歌詞の対訳なども手がけるようになり、八〇年代からは雑誌『ブルータス』の編集、小説の執筆、翻訳も行う。九〇年代半ばから再び歌うことを活動の中心に据え、二〇〇四年には二十六年ぶりのアルバム『ぼくが死んでこの世を去る日』を発表。米国の作家チャールズ・ブコウスキーの翻訳でも名高い。

かわぐちかいじ 一九四八年〜

本名は川口開治。広島県尾道市生まれ。明治大学で漫画研究会に在籍、在学中の一九六八年『ヤングコ

著者紹介

ミック』掲載の「夜が明けたら」で漫画家デビュー。卒業後は本格的に劇画作品を執筆、竹中労とのコンビでは「黒旗水滸伝 大正地獄篇」「博徒ブーゲンビリア」などを描く。『ハード&ルーズ』で人気を得、八七年『アクター』、九〇年『沈黙の艦隊』、二〇〇二年『ジパング』で講談社漫画賞を三回受賞、〇六年には『太陽の黙示録』で小学館漫画賞と文化庁メディア芸術祭マンガ部門大賞を受けるなど、五十年余にわたって第一線で活躍する。他の代表作に『イーグル』『僕はビートルズ』『空母いぶき』など。

初出一覧

かわぐちかいじ　「謀殺大尉」(『テロルの系譜』)　一九八〇年七月

中川五郎　朝鮮人虐殺三部作

「1932年福田村の虐殺」　二〇〇九年

「トーキング烏山神社の椎の木ブルース」　二〇一四年

「真新しい名刺」　二〇一五年

江馬修　「ゆらぐ大地」(『延安讃歌』)　一九六四年十一月

「血の九月」(　〃　)　〃

・本書は右記の初出単行本を底本としました。
・中川五郎「朝鮮人虐殺三部作」は、制作年を記載いたしました。
・誤字脱字につきましては、単行本を参照して校訂を行いました。
・ふりがなは、適宜ふりました。
・本文中今日では差別表現になりかねない表記がありますが、作品が書かれた時代背景を考慮し、底本のままといたしました。

シリーズ 紙礫 18

血の九月

Bloody September

2023 年 9 月 1 日　初版発行

編　者　皓星社編集部
（編集協力・坂脇秀治）

発行所　株式会社 **皓星社**

発行者　晴山生菜

〒 101-0051 東京都千代田区神田神保町 3-10
宝栄ビル 6 階
電話：03-6272-9330　FAX：03-6272-9921
URL http://www.libro-koseisha.co.jp/
E-mail：book-order@libro-koseisha.co.jp

装幀　藤巻 亮一
印刷　製本　精文堂印刷株式会社

ISBN978-4-7744-0796-8 C0095